莎士比亚全集·中文本（典藏版）
William Shakespeare: Complete Works

U0579485

［英］威廉·莎士比亚（William Shakespeare） 著
辜正坤 主编／彭镜禧 译

李 尔 王

The Tragedy of King Lear

外语教学与研究出版社
北京

京权图字：01-2016-5013

图书在版编目 (CIP) 数据

李尔王 /（英）威廉·莎士比亚（William Shakespeare）著 ；彭镜禧译.
北京 ：外语教学与研究出版社，2024．6．--（莎士比亚全集 / 辜正坤主编）.
ISBN 978-7-5213-5324-2
　I. I561.33
中国国家版本馆 CIP 数据核字第 20244NY411 号

李尔王
LI'ERWANG

出 版 人　王　芳
项目负责　邢印姝　郭芮萱
责任编辑　都楠楠
责任校对　周渝毅
封面设计　张　潇
出版发行　外语教学与研究出版社
社　　址　北京市西三环北路 19 号（100089）
网　　址　https://www.fltrp.com
印　　刷　三河市紫恒印装有限公司
开　　本　710×1000　1/16
印　　张　12
字　　数　192 千字
版　　次　2024 年 6 月第 1 版
印　　次　2024 年 6 月第 1 次印刷
书　　号　ISBN 978-7-5213-5324-2
定　　价　68.00 元

如有图书采购需求，图书内容或印刷装订等问题，侵权、盗版书籍等线索，请拨打以下电话或关注官方服务号：
客服电话：400 898 7008
官方服务号：微信搜索并关注公众号"外研社官方服务号"
外研社购书网址：https://fltrp.tmall.com

物料号：353240001

出版说明

1623 年，莎士比亚的演员同僚们倾注心血结集出版了历史上第一部《莎士比亚全集》——著名的第一对开本，这是三百多年来许多导演和演员最为钟爱的莎士比亚文本。2007 年，由英国皇家莎士比亚剧团（Royal Shakespeare Company）推出的《莎士比亚全集》，则是对第一对开本首次全面的修订。

本套《莎士比亚全集》新汉译本，正是依据当今莎学界最负声望的皇家版《莎士比亚全集》翻译而成。译本的凡例说明如下：

一、**文体**：剧文有诗体和散体之分。未及最右行末即转行的为诗体。文字连排、直至最右行末转行的，则为散体。

二、**舞台提示**：

1）角色的上场与下场及其他舞台提示以仿宋体排出，穿插于剧文中的舞台提示以圆括号进行标注，如：（对亨利王子）。

2）舞台提示中的特殊符号。译本所依据的皇家版《莎士比亚全集》的编辑者对舞台提示中的不确定情形以特殊符号予以标注，译本亦保留了这些符号：如（旁白？）表示某行剧文既可作为旁白，亦可当作对话；又如某个舞台活动置于箭头 ↓↓ 之间，表示它可发生在一场戏中的多个不同时刻。

三、**脚注**：脚注中除标注有"译者附注"字样的，均译自或改编自皇家版《莎士比亚全集》注释。脚注多为对剧文中背景知识及专名的解释，以使读者更好地理解剧情；亦包含部分与英文原文相关的脚注，以使读者在品味译者的佳文时，亦体验到英文原文的精妙。

四、文本：译本以第一对开本为蓝本，部分剧目中四开本与之明显相异的段落亦有译出，附于正文之后，供读者参考。

此《莎士比亚全集》新汉译本历经策划、翻译、编辑加工和印装等工序，各个环节的参与者均竭尽全力，力求完美，但由于水平、精力所限，难免有所错漏，敬请广大读者赐教指正。

外语教学与研究出版社

综合出版事业部

莎士比亚诗体重译集序

辜正坤

他非一代骚人，实属万古千秋。

这是英国大作家本·琼森（Ben Jonson）在第一部《莎士比亚全集》（*Mr. William Shakespeares Comedies, Histories, & Tragedies*, 1623）扉页上题诗中的诗行。三百多年来，莎士比亚在全球逐步成为一个家喻户晓的名字，似乎与这句预言在在呼应。但这并非偶然言中，有许多因素可以解释莎士比亚这一巨大的文化现象产生的必然性。最关键的，至少有下面几点。

首先，其作品内容具有惊人的多样性。世界上很难有第二个作家像莎士比亚这样能够驾驭如此广阔的题材。他的作品内容几乎无所不包，称得上英国社会的百科全书。帝王将相、走卒凡夫、才子佳人、恶棍屠夫……一切社会阶层都展现于他的笔底。从海上到陆地，从宫廷到民间，从国际到国内，从灵界到凡尘……笔锋所指，无处不至。悲剧、喜剧、历史剧、传奇剧，叙事诗、抒情诗……都成为他显示天才的文学样式。从哲理的韵味到浪漫的爱情，从盘根错节的叙述到一唱三叹的诗思，波涛汹涌的情怀，妙夺天工的笔触，凡开卷展读者，无不为之拊掌称绝。即使只从莎士比亚使用过的海量英语词汇来看，也令人产生仰之弥高的感觉。德国语言学家马克斯·缪勒（Max Müller）原以为莎士比亚使用过的词汇最多为 15,000 个，事后证明这当然是小看了语言大师的词汇储藏量。美国教授爱德华·霍尔登（Edward Holden）经过一番考察后，认为至少达 24,000 个。可是他哪里知道，这依然是一种低估。有学者甚至声称用电脑检索出莎士比亚用的词汇多达 43,566 个！当然，这些数据还不是莎士比亚作品之所以产生空前影响的关键因素。

其次，但也许是更重要的原因：他的作品具有极高的娱乐性。文学作品的生命力在于它能寓教于乐。莎士比亚的作品不是枯燥的说教，而是能够给予读者或观众极大艺术享受的娱乐性创造物，往往具有明显的煽情效果，有意刺激人的欲望。这种艺术取向当然不是纯粹为了娱乐而娱乐，掩藏在背后的是当时西方人强有力的人本主义精神，即用以人为本的价值观来对抗欧洲上千年来以神为本的宗教价值观。重欲望、重娱乐的人本主义倾向明显对重神灵、重禁欲的神本主义产生了极大的挑战。当然，莎士比亚的人本主义与中国古人所主张的人本主义有很大的区别。要而言之，前者在相当大的程度上肯定了人的本能欲望或原始欲望的正当性，而后者则主要强调以人的仁爱为本规范人类社会秩序的高尚的道德要求。二者都具有娱乐效果，但前者具有纵欲性或开放性娱乐效果，后者则具有节欲性或适度自律性娱乐效果。换句话说，对于 16、17 世纪的西方人来说，莎士比亚的作品暗中契合了试图挣脱过分禁欲的宗教教义的约束而走向个性解放的千百万西方人的娱乐追求，因此，它会取得巨大成功是势所必然的。

第三，时势造英雄。人类其实从来不缺善于煽情的作手或视野宏阔的巨匠，缺的常常是时势和机遇。莎士比亚的时代恰恰是英国文艺复兴思潮达到鼎盛的时代。禁欲千年之久的欧洲社会如堤坝围裹的宏湖，表面上浪静风平，其底层却汹涌着决堤的纵欲性暗流。一旦湖堤洞开，飞涛大浪呼卷而下，浩浩汤汤，汇作长河，而莎士比亚恰好是河面上乘势而起的弄潮儿，其迎合西方人情趣的精湛表演，遂赢得两岸雷鸣般的喝彩声。时势不光涵盖社会发展的总趋势，也牵连着别的因素。比如说，文学或文化理论界、政治意识形态对莎士比亚作品理解、阐释的多样性与莎士比亚作品本身内容的多样性产生相辅相成的效果。"说不尽的莎士比亚"成了西方学术界的口头禅。西方的每一种意识形态理论，尤其是文学理论，要想获得有效性，都势必会将阐释莎士比亚的作品作为试金石。17世纪初的人文主义，18世纪的启蒙主义，19世纪的浪漫主义，20世纪的现实主义或批判现实主义，都不同程度地、选择性地把莎士比亚作品作为阐释其理论特点的例证。也许17世纪的古典主义曾经阻遏过西方人对莎士比亚作品的过度热情，但是19世纪的浪漫主义流派却把莎士比亚作品推崇到无以复加的崇高地位，莎士比亚俨然成了西方文学的神灵。20世纪以来，西方资本主义阵营和社会主义阵营可以说在意识形态的各个方面都互相对立，势同水火，可是在对待莎士比亚的问题上，居然有着惊人的共识与默契。不用说，社会主义阵营的立场与社会主义理论的创始人马克思（Karl Marx）、恩格斯（Friedrich Engels）个人的审美情趣息息相关。马克思一家都是莎士比亚的粉丝；马克思称莎士比亚为"人类最伟大的天才之一，人类文学奥林波斯山上的宙斯"！他号召作家们要更加莎士比亚化。恩格斯甚至指出："单是《快乐的温莎巧妇》[1]的第一幕就比全部德国文学包含着更多的生活气息。"不用说，这些话多多少少有某种程度的文学性夸张，但对莎士比亚的崇高地位来说，却无疑产生了极大的推动作用。

第四，1623年版《莎士比亚全集》奠定莎士比亚崇拜传统。这个版本即眼前译本所依据的皇家版《莎士比亚全集》（*The RSC William Shakespeare: Complete Works*, 2007）的主要内容。该版本产生于莎士比亚去世的第七年。莎士比亚的舞台同仁赫明奇（John Heminge）和康德尔（Henry Condell）整理出版了第一部莎士比亚戏剧集。当时的大学者、大

---

1 英文剧名为The Merry Wives of Windsor，朱生豪先生译作《温莎的风流娘儿们》；重译本综合考虑剧情和英文书名，译作《快乐的温莎巧妇》。

作家本·琼森为之题诗，诗中写道："他非一代骚人，实属万古千秋。"这个调子奠定了莎士比亚偶像崇拜的传统。而这个传统一旦形成，后人就难以反抗。英国文学中的莎士比亚偶像崇拜传统已经形成了一种自我完善、自我调整、自我更新的机制。至少近两百年来，莎士比亚的文学成就已被宣传成世界文学的顶峰。

第五，现在署名"莎士比亚"的作品很可能不只是莎士比亚一个人的成果，而是凝聚了当时英国若干戏剧创作精英的团体努力。众多大作家的智慧浓缩在以"莎士比亚"为代号的作品集中，其成就的伟大性自然就获得了解释。当然，这最后一点只是莎士比亚研究界若干学者的研究性推测，远非定论。有的莎士比亚著作爱好者害怕一旦证明莎士比亚不是署名为"莎士比亚"的著作的作者，莎士比亚的著作便失去了价值，这完全是杞人忧天。道理很简单，人们即使证明了《红楼梦》的作者不是曹雪芹，或《三国演义》的作者不是罗贯中，也丝毫不影响这些作品的伟大价值。同理，人们即使证明了《莎士比亚全集》不是莎士比亚一个人创作的，也丝毫不会影响《莎士比亚全集》是世界文学中的伟大作品这个事实，反倒会更有力地证明这个事实，因为集体的智慧远胜于个人。

皇家版《莎士比亚全集》译本翻译总思路

横亘于前的这套新译本，是依据当今莎学界最负声望的皇家版《莎士比亚全集》进行翻译的，而皇家版又正是以本·琼森题过诗的1623年版《莎士比亚全集》为主要依据。

这套译本是在考察了中国现有的各种译本后，根据新的历史条件和新的翻译目的打造出来的。其总的翻译思路是本套译本主编会同外语教学与研究出版社的相关领导和责任编辑讨论的结果。总起来说，皇家版《莎士比亚全集》译本在翻译思路上主要遵循了以下几条：

1. 版本依据。如上所述，本版汉译本译文以英国皇家版《莎士比亚全集》为基本依据。但在翻译过程中，译者亦酌情参阅了其他版本，以增进对原作的理解。

2. 翻译内容包括：内页所含全部文字。例如作品介绍与评论、正文、注释等。

3. 注释处理问题。对于注释的处理：1）翻译时，如果正文译文已经将英文版某注释的基本含义较准确地表达出来了，则该注释即可取消；2）如果正文译文只是部分地将英文版对应注释的基本含义表达出来，则该注释可以视情况部分或全部保留；3）如果注释本身存疑，可以在保留原注的情况下，加入译者的新注。但是所加内容务必有理有据。

4. 翻译风格问题。对于风格的处理：1）在整体风格上，译文应该尽量逼肖原作整体风格，包括以诗体译诗体，以散体译散体；2）在具体的文字传输处理上，通常应该注重汉译本身的文字魅力，增强汉译本的可读性。不宜太白话，不宜太文言；文白用语，宜尽量自然得体。句子不要太绕，注意汉语自身表达的句法结构，尤其是其逻辑表达方式。意义的异化性不等于文字形式本身的异化性，因此要注意用汉语的归化性来传输、保留原作含义的异化性。朱生豪先生的译本语言流畅、可读性强，但可惜不是诗体，有违原作形式。当下译本是要在承传朱先生译本优点的基础上，根据新时代的读者审美趣味，取得新的进展。梁实秋先生等的译本，在达意的准确性上，比朱译有所进步，也是我们应该吸纳的优点。但是梁译文采不足，则须注意避其短。方平先生等的译本，也把莎士比亚翻译往前推进了一步，在进行大规模诗体翻译方面作出了宝贵的尝试，但是离真正的诗体尚有距离。此外，前此的所有译本对于莎士比亚原作的色情类用语都有程度不同的忽略，本套皇家版译本则尽力在此方面还原莎士比亚的本真状态（论述见后文）。其他还有一些译本，亦都应该受到我们的关注，处理原则类推。每种译本都有自己独特的东西。我们希望美的译文是这套译本的突出特点。

5.借鉴他种汉译本问题。凡是我们曾经参考过的较好的译本，都在适当的地方加以注明，承认前辈译者的功绩。借鉴利用是完全必要的，但是要正大光明，避免暗中抄袭。

6.具体翻译策略问题特别关键，下文将其单列进行陈述。

莎士比亚作品翻译领域大转折：真正的诗体译本

莎士比亚首先是一个诗人。莎士比亚的作品基本上都以诗体写成。因此，要想尽可能还原本真的莎士比亚，就必须将莎士比亚作品翻译成为诗体而不是散文，这在莎学界已经成为共识。但是紧接而来的问题是：什么叫诗体？或需要什么样的诗体？

按照我们的想法：1）所谓诗体，首先是措辞上的诗味必须尽可能浓郁；2）节奏上的诗味（包括分行）等要予以高度重视；3）结合中国人的审美习惯，剧文可以押韵，也可以不押韵。但不押韵的剧文首先要满足前两个要求。

本全集翻译原计划由笔者一个人来完成。但是，莎士比亚的创作具有惊人的多样性，其作品来源也明显具有莎士比亚时代若干其他作家与作品的痕迹，因此，完全由某一个译者翻译成一种风格，也许难免偏颇，难以和莎士比亚风格的多样性相呼应。所以，集众人的力量来完成大业，应该更加合理，更加具有可操作性。

具体说来，新时代提出了什么要求？简而言之，就是用真正的诗体翻译莎士比亚的诗体剧文。这个任务，是朱生豪先生无法完成的。朱先生说过，他在翻译莎士比亚作品时，"当然预备全部用散文译出，否则将要了我的命"。[1] 显然，朱先生也考虑过用诗体来翻译莎士比亚著作的问题，但是他的结论是：第一，靠单独一个人用诗体翻译《莎士比亚全集》是办不到的，会因此累死；第二，他用散文翻译也是不得已的办法，因为只有这样他才有可能在有生之年完成《莎士比亚全集》的翻译工作。

将《莎士比亚全集》翻译成诗体比翻译成散文体要难得多。难到什么程度呢？和朱生豪先生的翻译进度比较一下就知道了。朱先生翻译得最快的时候，一天可以翻译一万字。[2] 为什么会这么快？朱先生才华过人，这当然是一个因素，但关键因素是：他是用散文翻译的。用真正的诗体就不一样了。以笔者自己的体验，今日照样用散文翻译莎士比亚剧本，最快时也可达到每日一万字。这是因为今日的译者有比以前更完备的注释本和众多的前辈汉译本作参考，至少在理解原著时，要比朱先生当年省力得多，所以翻译速度上最高达到一万字是不难的。但是翻译成诗体就是另外一回事了。这比自己写诗还要难得多。写诗是自己随意发挥，译诗则必须按照别人的意思发挥，等于是戴着镣铐跳舞。笔者自己写诗，诗兴浓时，一天数百行都可以写得出来，但是翻译诗，一天只能是几十行，统计成字数，往往还不到一千字，最多只是朱生豪先生散文翻译速度的十分之一。梁实秋先生翻译《莎士比亚全集》用的也是散文，但是也花了 37 年，如果要翻译成真正的诗体，那么至少得 370 年！由此可见，真正的诗体《莎士比亚全集》汉译本的诞生，有多么艰难。此次笔者约稿的各位译者，都是用诗体翻译，并且都表示花费了大量的时间，

1　见朱生豪大约在 1936 年夏致宋清如信："今天下午，我试译了两页莎士比亚，还算顺利，不过恐怕终于不过是 Poor Stuff 而已。当然预备全部用散文译出，否则将要了我的命。"（《伉俪：朱生豪宋清如诗文选》下卷，中国青年出版社，2013 年，第 94 页）

2　朱生豪："今天因为提起了精神，却很兴奋，晚上译了六千字，今天一共译一万字。"（同上，第 101 页）

皇家版《莎士比亚全集》译本凝聚了诸位译者的多少努力，也就不言而喻了。

翻译诗体分辨：不是分了行就是真正的诗

　　主张将莎士比亚剧作翻译成诗体成了共识，但是什么才是诗体，却缺乏共识。在白话诗盛行的时代，许多人只是简单地认定分了行的文字就是诗这个概念。分行只是一个初级的现代诗要求，甚至不必是必然要求，因为有些称为诗的文字甚至连分行形式都没有。不过，在莎士比亚作品的翻译上，要让译文具有诗体的特征，首先是必定要分行的，因为莎士比亚原作本身就有严格的分行形式。这个不用多说。但是译文按莎士比亚的方式分了行，只是达到了一个初级的低标准。莎士比亚的剧文读起来像不像诗，还大有讲究。

　　卞之琳先生对此是颇有体会的。他的译本是分行式诗体，但是他自己也并不认为他译出的莎士比亚剧本就是真正的诗体译本。他说：读者阅读他的译本时，"如果……不感到是诗体，不妨就当散文读，就用散文标准来衡量"。[1]这是一个诚实的译者说出的诚实话。不过，卞先生很谦虚，他有许多剧文其实读起来还是称得上诗体的。原因是什么？原因是他注意到了笔者上文提到的两点：第一，诗的措辞；第二，诗的节奏。只不过他迫于某些客观原因，并没有自始至终侧重这方面的追求而已。

　　显然，一些译本翻译了莎士比亚的剧文，在行数上靠近莎士比亚原作，措辞也还流畅。这些是不是就是理想的诗体莎士比亚译本呢？笔者认为，这还不够。什么是诗，对于中国人来说有几千年的历史，我们不

1　卞之琳：《莎士比亚悲剧四种》，方志出版社，2007年，第4页。

能脱离这个悠久的传统来讨论这个问题。为此，我们不得不重新提到一些基本概念：什么是诗？什么是诗歌翻译？

诗歌是语言艺术，诗歌翻译也就必须是语言艺术

讨论诗歌翻译必须从讨论诗歌开始。

诗主情。诗言志。诚然。但诗歌首先应该是一种精妙的语言艺术。同理，诗歌的翻译也就不得不首先表现为同类精妙的语言艺术。若译者的语言平庸而无光彩，与原作的语言艺术程度差距太远，那就最多只是原诗含义的注释性文字，算不得真正的诗歌翻译。

那么，何谓诗歌的语言艺术？

无他，修辞造句、音韵格律一整套规矩而已。无规矩不成方圆，无限制难成大师。奥运会上所有的技能比赛，无不按照特定的规矩来显示参赛者高妙的技能。德国诗人歌德（Johann Wolfgang von Goethe）《自然和艺术》（"Natur und Kunst"）一诗最末两行亦彰扬此理：

非限制难见作手，

唯规矩予人自由。[1]

艺术家的"自由"，得心应手之谓也。诗歌既为语言艺术，自然就有一整套相应的语言艺术规则。诗人应用这套规则时，一旦达到得心应手的程度，那就是达到了真正成熟的境界。当然，规矩并非一点都不可打破，但只有能够将规矩使用到随心所欲而不逾矩的程度的人，才真正有资格去创立新规矩，丰富旧规矩。创新是在承传旧规则长处的基础上来进行的，而不是完全推翻旧规则，肆意妄为。事实证明，在语言艺术上

---

1 In der Beschränkung zeigt sich erst der Meister, / Und das Gesetz nur kann uns Freiheit geben. 参见 http://www.business-it.nl/files/7d413a5dca62fc735a072b16fbf050b1-27.php.

凡无视积淀千年的诗歌语言规则，随心所欲地巧立名目、乱行胡来者，
永不可能在诗歌语言艺术上取得大的成就，所以歌德认为：

> 若徒有放任习性，
> 则永难至境遨游。[1]

　　诗歌语言艺术如此需要规则，如此不可放任不羁，诗歌的翻译自然
也同样需要相类似的要求。这个要求就是笔者前面提出的主张：若原诗
是精妙的语言艺术，则理论上说来，译诗也应是同类精妙的语言艺术。

　　但是，"同类"绝非"同样"。因为，由于原作和译作使用的语言载
体不一样，其各自产生的语言艺术规则和效果也就各有各的特点，大多
不可同样复制、照搬。所以译作的最高目标，是尽可能在译入语的语言
艺术领域达到程度大致相近的语言艺术效果。这种大致相近的艺术效果
程度可叫作"最佳近似度"。它实际上也就是一种翻译标准，只不过针
对不同的文类，最佳近似度究竟在哪些因素方面可最佳程度地（并不一
定是最大程度地）取得近似效果，不是一成不变的，而是具有高度的灵
活性。不同的文类，甚至针对不同的受众，我们都可以设定不同的最佳
近似度。这点在拙著《中西诗比较鉴赏与翻译理论》（清华大学出版社，
2010 年）的相关章节中有详细的厘定，此不赘。

话与诗的关系：话不是诗

　　古人的口语本来就是白话，与现在的人说的口语是白话一个道理。

---

1 Vergebens werden ungebundene Geister / Nach der Vollendung reiner Höhe streben.
　参 见 http://www.cosmiq.de/qa/show/3454062/Vergebens-werden-ungebundne-Geister-
　Nach-der-Vollendung-reiner-Hoehe-streben-Was-ist-die-Bedeutung-dieser-2-Verse-Ich-komm-
　nicht-drauf/t.

正因为白话太俗，不够文雅，古人慢慢将白话进行改进，使它更加规范、更加准确，并且用语更加丰富多彩，于是文言产生。在文言的基础上，还有更文的文字现象，那就是诗歌，于是诗歌产生。所以就诗歌而言，文言味实际上就是一种特殊的诗味。文言有浅近的文言，也有佶屈聱牙的文言。中国传统诗歌绝大多数是浅近的文言，但绝非口语、白话。诗中有话的因素，自不待言，但话的因素往往正是诗试图抑制的成分。

文言和诗歌的产生是低俗的口语进化到高雅、准确层次的标志。文言和诗歌的进一步发展使得语言的艺术性愈益增强。最终，文言和诗歌完成了艺术性语言的结晶化定型。这标志着古代文学和文学语言的伟大进步。《诗经》、楚辞、唐诗、宋词、元明戏曲，以及从先秦、汉、唐、宋、元至明清的散文等，都是中国语言艺术逐步登峰造极的明证。

人们往往忘记：话不是诗，诗是话的升华。话据说至少有**几十万年**的历史，而诗却只有**几千年**的历史。白话通过漫长的岁月才升华成了诗。因此，从理论上说，白话诗不是最好的诗，而只是低层次的、初级的诗。当一行文字写得不像是话时，它也许更像诗。"太阳落下山去了"是话，硬说它是诗，也只是平庸的诗，人人可为。而同样含义的"白日依山尽"不像是话，却是真正的诗，非一般人可为，只有诗人才写得出。它的语言表达方式与一般人的通用白话脱离开来了，实现了与通用语的偏离（deviation from the norm）。这里的通用语指人们天天使用的白话。试想把唐诗宋词译成白话，还有多少诗味剩下来？

谢谢古代先辈们一代又一代、不屈不挠的努力，话终于进化成了诗。

但是，20 世纪初一些激进的中国学者鼓荡起一场声势浩大的白话文运动。

客观说来，用白话文来书写、阅读自然科学和人文科学文献，例如哲学、政治学、伦理学、经济学等等文献，这都是**伟大的进步**。这个进步甚至可以上溯到八百多年前朱熹等大学者用白话体文章传输理学思想。对此笔者非常拥护，非常赞成。

但是约一百年前的白话诗运动却未免走向了极端，事实上是一种语言艺术方面的倒退行为。已经高度进化的诗词曲形式被强行要求返祖回归到三千多年前的类似白话的状态，已经高度语言艺术化了的诗被强行要求退化成话。艺术性相对较低的白话反倒成了正统，艺术性较高的诗反倒成了异端。其实，容许口语类白话诗和文言类诗并存，这才是正确的选择。但一些激进学者故意拔高白话地位，在诗歌创作领域搞成白话至上主义，这就走上了极端主义道路。

这个运动影响到诗歌翻译的结果是什么呢？结果是西方所有的大诗人，不论是古代的还是近代的，如荷马（Homer）、但丁（Dante）、莎士比亚、歌德、雨果（Victor Hugo）、普希金（Alexander Pushkin）……都莫名其妙地似乎用同一支笔写出了 20 世纪初才出现的味道几乎相同的白话文汉诗！

将产生这种极端性结果的原因再回推，我们会清楚地明白，当年的某些学者把文学艺术简单雷同于人文社会科学，误解了文学艺术，尤其是诗歌艺术的特殊性质，误以为诗就是话，混淆了诗与话的形式因素。

针对莎士比亚戏剧诗的翻译对策

由上可知，莎士比亚的剧文既然大多是格律诗，无论有韵无韵，它们都是诗，都有格律性。因此在汉译中，我们就有必要显示出它具有格律性，而这种格律性就是诗性。

问题在于，格律性是附着在语言形式上的；语言改变了，附着其上的格律性也就大多会消失。换句话说，格律大多不可复制或模仿，这就正如用钢琴弹不出二胡的效果，用古筝奏不出黑管的效果一样。但是，原作的内在旋律是可以模仿的，只是音色变了。原作的诗性是可以换个形式营造的，这就是利用汉语本身的语言特点营造出大略类似的语言艺术审美效果。

由于换了另外一种语言媒介，原作的语音美设计大多已经不能照搬、复制，甚至模拟了，那么我们就只好断然舍弃掉原作的许多语音美设计，而代之以译入语自身的语言艺术结构产生的语音美艺术设计。当然，原作的某些语音美设计还是可以尝试模拟保留的，但在通常的情况下，大多数的语音美已经不可能传输或复制了。

利用汉语本身的语音审美特点来营造莎士比亚诗歌的汉译语音审美效果，是莎士比亚作品翻译的一个有效途径。机械照搬原作的语音审美模式多半会失败，并且在大多数的场合下也没有必要。

具体说来，这就涉及翻译莎士比亚戏剧作品时该如何处理：1) 节奏；2) 韵律；3) 措辞。笔者主张，在这三个方面，我们都可以适当借鉴利用中国古代词曲体的某些因素。戏剧剧文中的诗行一般都不宜多用单调的律诗和绝句体式。元明戏剧为什么没有采用前此盛行的五言或七言诗行而采用了长短错杂、众体皆备的词曲体？这是一种艺术形式发展的必然。元明曲体由于要更好更灵活地满足抒情、叙事、论理等诸多需要，故借用发展了词的形式，但不是纯粹的词，而是融入了民间语汇。词这种形式涵盖了一言、二言、三言、四言、五言、六言、七言、八言……乃至十多言的长短句式，因此利于表达变化莫测的情、事、理。从这个意义上看，莎士比亚剧文语言单位的参差不齐状态与中文词曲体句式的参差不齐状态正好有某种相互呼应的效果。

也许有人说，莎士比亚的剧文虽然是格律诗，但并不怎么押韵，因此汉诗翻译也就不必押韵。这个说法也有一定道理，但是道理并不充实。

首先，我们应该明白，既然莎士比亚的剧文是诗体，人们读到现今的散体译文或不押韵的分行译文却难以感受到其应有的诗歌风味，原因即在于其音乐性太弱。如果人们能够照搬莎士比亚素体诗所惯常用的音步效果及由此引起的措辞特点，当然更好。但事实上，原作的节奏效果是印欧语系语言本身的效果，换了一种语言，其效果就大多不能搬用了，所以我们只好利用汉语本身的优势来创造新的音乐美。这种音乐美很难说是原作的音乐美，但是它毕竟能够满足一点：即诗体剧文应该具有诗歌应有的音乐美这个起码要求。而汉译的押韵可以强化这种音乐美。

其次，莎士比亚的剧文不押韵是由诸多因素造成的。第一，属于印欧语系语言的英语在押韵方面存在先天的多音节不规则形式缺陷，导致押韵词汇范围相对较窄。所以对于英国诗人来说，很苦于押韵难工；莎士比亚的许多押韵体诗，例如十四行诗，在押韵方面都不很工整。其次，莎士比亚的剧文虽不押韵，却在节奏方面十分考究，这就弥补了音韵方面的不足。第三，莎士比亚的剧文几乎绝大多数是诗行，对于剧作者来说，每部长达两三千行的诗行行都要押韵，这是一个极大的挑战，很难完成。而一旦改用素体，剧作者便会轻松得多。但是，以上几点对于汉语译本则不是一个问题。汉语的词汇及语音构成方式决定了它天生就是一种有利于押韵的艺术性语言。汉语存在大量同韵字，押韵是一件很容易的事情。汉语的语音音调变化也比莎士比亚使用的英语的音调变化空间大一倍以上。汉语音调至少有四种（加上轻重变化可达六至八种），而英语的音调主要局限于轻重语调两种，所以存在于印欧语系文字诗歌中的频频押韵有时会产生的单调感，在汉语中会在很大程度上由于语调的多变而得到缓解。故汉语戏剧剧文在押韵方面有很大的潜在优势空间，实际上元明戏剧剧文频频押韵就是证明。

第三，莎士比亚的剧文虽然很多不押韵，但却具极强的节奏感。他惯用的格律多半是抑扬格五音步（iambic pentameter）诗行。如果我们在节奏方面难以传达原作的音美，或者可以通过韵律的音美来弥补节奏美的丧失，这种翻译对策谓之堤内损失堤外补，亦谓失之东隅，收之桑榆。我们的语言在某方面有缺陷，可以通过另一方面的优点来弥补。当然，笔者主张在一定程度上借鉴利用传统词曲的风味，却并不主张使用宋词、元曲式的严谨格律，而只是追求一种过分散文化和过分格律化之间的妥协状态。有韵但是不严格，要适当注意平仄，但不过多追求平仄效果及诗行的整齐与否；不必有太固定的建行形式，只是根据诗歌本身的内容和情绪赋予适当的节奏与韵式。在措辞上则保持与白话有一段距离，但是绝非佶屈聱牙的文言，而是趋近典雅、但普通读者也能读懂的语言。

最后，根据翻译标准多元互补论原理，由于莎士比亚作品在内容、形式及审美效应方面具有多样性，因此，只用一种类乎纯诗体译法来翻译所有的莎士比亚剧文，也是不完美的，因为单一的做法也许无形中堵塞了其他有益的审美趣味通道。因此，这套译本的译风虽然整体上强调诗化、诗味，但是在营造诗味的途径和程度上不是单一的。我们允许诗体译风的灵活性和创新性。多译者译法实际上也是在探索诗体译法的诸多可能性，这为我们将来进一步改进这套译本铺垫了一条较宽的道路。因此，译文从严格押韵、半押韵到不押韵的各个程度，译本都有涉猎。但是，无论是否押韵，其节奏和措辞应该总是富于诗意，这个要求则是统一的。这是我们对皇家版《莎士比亚全集》译本的语言和风格要求。不能说我们能完全达到这个目标，但我们是往这个方向努力的。正是这样的努力，使这套译本与前此译本有很大的差异，在一定的意义上来说，标志着中国莎士比亚著作翻译的一次大转折。

翻译突破：还原莎士比亚作品禁忌区域

另有一个课题是中国学者从前讨论得比较少的禁忌领域，即莎士比亚著作中的性描写现象。

许多西方学者认为，莎士比亚酷爱色情字眼，他的著作渗透着性描写、性暗示。只要有机会，他就总会在字里行间，用上与性相联系的双关语。西方人很早就搜罗莎士比亚著作的此类用语，编纂了莎士比亚淫秽用语词典。这类词典还不止一种。1995年，我又看到弗朗基·鲁宾斯坦（Frankie Rubinstein）等编纂了《莎士比亚性双关语释义词典》（*A Dictionary of Shakespeare's Sexual Puns and Their Significance*），厚达372页。

赤裸裸的性描写或过多的淫秽用语在传统中国文学作品中是受到非议的，尽管有《金瓶梅》这样被判为淫秽作品的文学现象，但是中国传统的主流舆论还是抑制这类作品的。莎士比亚的作品固然不是通常意义上的淫秽作品，但是它的大量实际用语确实有很强的色情味。这个极鲜明的特点恰恰被前此的所有汉译本故意掩盖或在无意中抹杀掉。莎士比亚的所有汉译者，尤其是像朱生豪先生这样的译者，显然不愿意中国读者看到莎士比亚的文笔有非常泼辣的大量使用性相关脏话的特点。这个特点多半都被巧妙地漏译或改译。于是出现一种怪现象，莎士比亚著作中有些大段的篇章变成汉语后，尽管读起来是通顺的，读者对这些话语却往往感到莫名其妙。以《罗密欧与朱丽叶》第一幕第一场前面的30行台词为例，这是凯普莱特家两个仆人山普孙与葛莱古里之间的淫秽对话。但是，读者阅读过去的汉译本时，很难看到他们是在说淫秽的脏话，甚至会认为这些对话只是仆人之间的胡话，没有什么意义。

不过，前此的译本对这类用语和描写的态度也并不完全一样，而是依据年代距离在逐步改变。朱生豪先生的译本对这些东西删除改动得最多，梁实秋先生已经有所保留，但还是有节制。方平先生等的译本保留得更多一些，但仍然持有相当的保留态度。此外，从英语的不同版本看，有的版本注释得明白，有的版本故意模糊，有的版本注释者自己也没有弄懂这些双关语，那就更别说中国译者了。

在这一点上，我们目前使用的皇家版《莎士比亚全集》是做得最好的。

那么，我们该怎样来翻译莎士比亚的这种用语呢？是迫于传统中国道德取向的习惯巧妙地回避，还是尽可能忠实地传达莎士比亚的本真用意？我们认为，前此的译本依据各自所处时代的中国人道德价值的接受状态，采用了相应的翻译对策，出现了某种程度的曲译，这是可以理解的，是特定历史条件下的产物。但是，历史在前进，中国人的道德观已经有了很大的改变，尤其是在性禁忌领域。说实话，无论我们怎样真实地还原莎士比亚著作中的性双关描写，比起当代文学作品中有时无所忌讳的淫秽描写来，莎士比亚还真是有小巫见大巫的感觉。换句话说，目前中国人在这方面的外来道德价值接受状态，已经完全可以接受莎士比亚著作中的性双关用语了。因此，我们的做法是尽可能真实还原莎士比亚性相关用语的现象。在通常的情况下，如果直译不能实现这种现象的传输，我们就采用注释。可以说，在这方面，目前这个版本是所有莎士比亚汉译本中做得最超前的。

译法示例

莎士比亚作品的文字具有多种风格，早期的、中期的和晚期的语言风格有明显区别，悲剧、喜剧、历史剧、十四行诗的语言风格也有区别。甚至同样是悲剧或喜剧，莎士比亚的语言风格往往也会很不相同。比如同样是属于悲剧，《罗密欧与朱丽叶》剧文中就常常有押韵的段落，而大悲剧《李尔王》却很少押韵；同样是喜剧，《威尼斯商人》是格律素体诗，而《快乐的温莎巧妇》却大多是散文体。

与此现象相应，我们的翻译当然也就有多种风格。虽然不完全一一对应，但我们有意避免将莎士比亚著作翻译成千篇一律的一种文体。从这个意义上说，皇家版《莎士比亚全集》汉译本在某些方面采用了全新的译法。这种全新译法不是孤立的一种译法，而是力求展示多种翻译风格、多种审美尝试。多样化为我们将来精益求精提供了相对更多的选择。如果现在固定为一种单一的风格，那么将来要想有新的突破，就困难了。概括说来，我们的多种翻译风格主要包括：1）有韵体诗词曲风味译法；2）有韵体现代文白融合译法；3）无韵体白话诗译法。下面依次选出若干相应风格的译例，供读者和有关方面品鉴。

一、有韵体诗词曲风味译法

有韵体诗词曲风味译法注意使用一些传统诗词曲中诗味比较浓郁的词汇，同时注意遣词不偏僻，节奏比较明快，音韵也比较和谐。但是，它们并不是严格意义上的传统诗词曲，只是带点诗词曲的风味而已。例如：

女巫甲　何时我等再相逢？

　　　　　闪电雷鸣急雨中？

女巫乙　待到硝烟烽火静，

　　　　　沙场成败见雌雄。

女巫丙　残阳犹挂在西空。　　　　　　　（《麦克白》第一幕第一场）

小丑甲　当时年少爱风流，

　　　　　有滋有味有甜头；

　　　　　行乐哪管韶华逝，

　　　　　天下柔情最销愁。　　　　　　　（《哈姆莱特》第五幕第一场）

朱丽叶　天未曙，罗郎，何苦别意匆忙？

　　　　鸟音啼，声声亮，惊骇罗郎心房。

　　　　休听作破晓云雀歌，只是夜莺唱，

　　　　石榴树间，夜夜有它设歌场。

　　　　信我，罗郎，端的只是夜莺轻唱。

罗密欧　不，是云雀报晓，不是莺歌，

　　　　看东方，无情朝阳，暗洒霞光，

　　　　流云万朵，镶嵌银带飘如浪。

　　　　星斗如烛，恰似残灯剩微芒，

　　　　欢乐白昼，悄然驻步雾嶂群岗。

　　　　奈何，我去也则生，留也必亡。

朱丽叶　听我言，天际微芒非破晓霞光，

　　　　只是金乌，吐射流星当空亮，

　　　　似明炬，今夜为郎，朗照边邦，

　　　　何愁它曼托瓦路，漫远悠长。

　　　　且稍待，正无须行色皇皇仓仓。

罗密欧　纵身陷人手，蒙斧钺加诛于刑场；

　　　　只要这勾留遂你愿，我欣然承当。

　　　　让我说，那天际灰朦，非黎明醒眼，

　　　　乃月神眉宇，幽幽映现，淡淡辉光；

　　　　那歌鸣亦非云雀之讴，哪怕它

　　　　嚣然振动于头上空冥，嘹亮高亢。

　　　　我巴不得栖身此地，永不他往。

　　　　来吧，死亡！倘朱丽叶愿遂此望。

　　　　如何，心肝？畅谈吧，趁夜色迷茫。

　　　　　　　　　　　　　（《罗密欧与朱丽叶》第三幕第五场）

二、有韵体现代文白融合译法

有韵体现代文白融合译法的特点是：基本押韵，措辞上白话与文言尽量能够水乳交融；充分利用诗歌的现代节奏感，俾便能够念起来朗朗上口。例如：

哈姆莱特　死，还是生？这才是问题根本：
　　　　　　莫道是苦海无涯，但操戈奋进，
　　　　　　终赢得一片清平；或默对逆运，
　　　　　　忍受它箭石交攻，敢问，
　　　　　　两番选择，何为上乘？
　　　　　　死灭，睡也，倘借得长眠
　　　　　　可治心伤，愈千万肉身苦痛痕，
　　　　　　则岂非美境，人所追寻？死，睡也，
　　　　　　睡中或有梦魇生，唉，症结在此；
　　　　　　倘能撒手这碌碌凡尘，长入死梦，
　　　　　　又谁知梦境何形？念及此忧，
　　　　　　不由人踌躇难定：这满腹疑情
　　　　　　竟使人苟延年命，忍对苦难平生。
　　　　　　假如借短刀一柄，即可解脱身心，
　　　　　　谁甘愿受人世的鞭挞与讥评，
　　　　　　强权者的威压，傲慢者的骄横，
　　　　　　失恋的痛楚，法律的耽延，
　　　　　　官吏的暴虐，甚或默受小人
　　　　　　对贤德者肆意拳脚加身？
　　　　　　谁又愿肩负这如许重担，
　　　　　　流汗、呻吟，疲于奔命，
　　　　　　倘非对死后的处境心存疑云，

惧那未经发现的国土从古至今
无孤旅归来，意志的迷惘
使我辈宁愿忍受现世的忧闷，
而不敢飞身投向未知的苦境？
前瞻后顾使我们全成懦夫，
于是，本色天然的决断决行，
罩上了一层思想的惨淡余阴，
只可惜诸多待举的宏图大业，
竟因此如逝水忽然转向而行，
失掉行动的名分。　　　　（《哈姆莱特》第三幕第一场）

麦克白　若做了便是了，则快了便是好。
若暗下毒手却能横超果报，
割人首级却赢得绝世功高，
则一击得手便大功告成，
千了百了，那么此际此宵，
身处时间之海的沙滩、岸畔，
何管它来世风险逍遥。但这种事，
现世永远有裁判的公道：
教人杀戮之策者，必受杀戮之报；
给别人下毒者，自有公平正义之手
让下毒者自食盘中毒肴。　　　（《麦克白》第一幕第七场）

损神，耗精，愧煞了浪子风流，
都只为纵欲眠花卧柳，
阴谋，好杀，赌假咒，坏事做到头；

心毒手狠，野蛮粗暴，背信弃义不知羞。

才尝得云雨乐，转眼意趣休。

舍命追求，一到手，没来由

便厌腻个透。呀恰，恰像是钓钩，

但吞香饵，管教你六神无主不自由。

求时疯狂，得时也疯狂，

曾有，现有，还想有，要玩总玩不够。

适才是甜头，转瞬成苦头。

求欢同枕前，梦破云雨后。

唉，普天下谁不知这般儿歹症候，

却避不得便往这通阴曹的天堂路儿上走！

(十四行诗第一百二十九首)

三、无韵体白话诗译法

无韵体白话诗译法的特点是：虽然不押韵，但是译文有很明显的和谐节奏，措辞畅达，有诗味，明显不是普通的口语。例如：

贡妮芮 父亲，我爱您非语言所能表达；

胜过自己的眼睛、天地、自由；

超乎世上的财富或珍宝；犹如

德貌双全、康强、荣誉的生命。

子女献爱，父亲见爱，至多如此；

这种爱使言语贫乏，谈吐空虚：

超过这一切的比拟——我爱您。(《李尔王》第一幕第一场)

李尔 国王要跟康沃尔说话，慈爱的父亲

要跟他女儿说话，命令、等候他们服侍。

这话通禀他们了吗？我的气血都飙起来了！
火爆？火爆公爵？去告诉那烈性公爵——
不，还是别急：也许他是真不舒服。
人病了，常会疏忽健康时应尽的
责任。身子受折磨，
逼着头脑跟它受苦，
人就不由自主了。我要忍耐，
不再顺着我过度的轻率任性，
把难受病人偶然的发作，错认是
健康人的行为。我的王权废掉算了！
为什么要他坐在这里？这种行为
使我相信公爵夫妇不来见我
是伎俩。把我的仆人放出来。
去跟公爵夫妇讲，我要跟他们说话，
现在就要。叫他们出来听我说，
不然我要在他们房门前打起鼓来，
不让他们好睡。 （《李尔王》第二幕第二场）

奥瑟罗 诸位德高望重的大人，
我崇敬无比的主子，
我带走了这位元老的女儿，
这是真的；真的，我和她结了婚，说到底，
这就是我最大的罪状，再也没有什么罪名
可以加到我头上了。我虽然
说话粗鲁，不会花言巧语，
但是七年来我用尽了双臂之力，

直到九个月前，我一直
都在战场上拼死拼活，
所以对于这个世界，我只知道
冲锋向前，不敢退缩落后，
也不会用漂亮的字眼来掩饰
不漂亮的行为。不过，如果诸位愿意耐心听听，
我也可以把我没有化装掩盖的全部过程，
一五一十地摆到诸位面前，接受批判：
我绝没有用过什么迷魂汤药、魔法妖术，
还有什么歪门邪道——反正我得到他的女儿，
全用不着这一套。 　　　　　（《奥瑟罗》第一幕第三场）

目　录

《李尔王》导言

　　《李尔王》写于詹姆斯国王（King James）兼摄英格兰及苏格兰两国王位之后不久，并曾在白厅献演于御前。这出戏显露团结的王国如果分裂会有什么严重后果。原则上，年迈的李尔自动退休似乎不是一件坏事：他对国政渐失掌控，他的女儿和女婿都"年富力强"，更有精力主政；更重要的是，分疆裂土的目的，是为了防止日后权力主张者之间发生内战——这确实可能，因为没有可以自动继承整个王国的嗣子。然而，一位由神膏抹授权的国王[1]可以任意放弃自己的角色吗？如果他这样做，自然不该期待保有权力的装饰。贡妮芮和丽根有理由驱除他那一百名喧闹、放肆的骑士。

　　李尔的错误在于把国土分配与公开示爱联系在一起。两个擅长"油腔滑调"客套话的姐姐说出他想听的话，但蔻迪莉亚办不到。她是剧中实话实说的一位，根本没有能力或经验以精美的修辞包装她的爱意。李

1　膏抹授权的国王（anointed king）：指君王由教会领袖以油膏抹其头，代表神圣，有神之庇佑。莎士比亚历史剧《理查二世》（*Richard II*）中的理查王就曾自恃"汹涌大海所有的水也无法／洗去受膏国王的膏油"（Not all the water in the rough rude sea / Can wash the balm off an anointed king），认为叛军无法夺其王位。——译者附注

尔知道她最爱他，但我们可以假设，在此刻之前，她的爱意一向是在私底下表达的。蔻迪莉亚身为最年幼且待字闺中的女儿，可能从未在宫廷之上公开说过话。李尔安排这开场戏，目的是要借此让蔻迪莉亚进入社交圈：她应该要公开表达自己的挚爱，而作为回报，也会得到王国最富庶的部分以及最有价值的夫婿。李尔料想不到蔻迪莉亚没有能力演好他为她设计的角色。王公贵族未必都是不识真爱的瞎子——肯特和法国国王便是例子——然而，惯于颐指气使、只听谄媚之言的李尔，已经被自己蒙蔽了。必须等到他的精致华服和宫廷美言都被剥夺，并且听到一个弄臣和一个（假扮的）卑德阑乞丐口中说出的真话，他才发现人的真谛。

相对于《麦克白》（*Macbeth*）和《奥瑟罗》（*Othello*）专注于单一的故事，《李尔王》的情节大大延伸了莎士比亚在《哈姆莱特》（*Hamlet*）中实验过的平行发展情节。雷欧提斯（Laertes）和福丁布拉斯（Fortinbras）算是主角哈姆莱特（Hamlet）的陪衬，在《李尔王》里，格洛斯特这家人的故事却是持续出现。格洛斯特是另外一位盲目而不识自己孩子真性的父亲；他的盲目导致自己眼睛被挖出——在此莎士比亚作了他笔下最残酷的比喻真实化。爱德蒙相当于那两个邪恶的女儿；戏里的许多信件往来中，有不少发生在这三人之间。他最后会向两人承诺婚嫁乃是理所当然。爱德加（国王的教子）跟国王最钟爱的女儿蔻迪莉亚一样，也是不公平地被逐出家门，得不到父亲的关爱。从这两个故事的平行结构来看，在对开本里，剧终的时候爱德加回来掌权，合情合理，就跟内厄姆·泰特（Nahum Tate）于复辟时代所作、恶名昭彰的改写本，让爱德加和蔻迪莉亚结婚作为幸福大结局一样，有它的逻辑——虽然两者逻辑大不相同。

莎士比亚从来不只从单方面看问题。在这出戏开场的对白里，我们发现，先前已经不公平地遭到扫地出门、得不到父亲关爱的，是爱德蒙。肯特是剧中最能判断品格的角色，他起先描述爱德蒙长得"[如此]体面"：他有绅士的举止，然而他的私生子身份剥夺了他的上流社会权益。爱德蒙的第一段独白彰显了社会秩序的不公：长子拥有继承权，私生子受到污辱。他在临终之前说"爱德蒙还是蒙爱的"，这话奇特地感人。这么说来，他并不是单纯心黑手辣，代表纯粹的、毫无动机的邪恶。

占星术和天文学在伊丽莎白时期是同义词：时代的征兆显示在天象里。《李尔王》这出戏讲的是病态时代的故事。国家无舵地漂流，子女与父亲为敌，战云密布，国王和他身边的人在深渊边缘蹒跚而行。于是乎格洛斯特把一切归咎于星象："最近的日食月食不是好兆头。"爱德蒙却反驳这种说法："人这个色魔真是会推诿，把自己淫荡的本性怪在星星头上！"他认为，常常被视为是"自然秩序"造成的事物，其实是"习俗"使然——对他而言，长子继承权和正统性就是属于这一类。这里表达的立场，接近于 16 世纪法国散文家蒙田（Michel de Montaigne）在他所著《雷蒙·塞邦辩》（*Apology of Raymond Sebond*）的结论部分指出的：任何习俗，只要是某一国厌恶或禁止的，必然会受到另一国的赞扬与实践。然而，若是除了习俗别无所有，没有神所认可的阶级制度，则价值系统将从何而来？蒙田的答案是对神的盲目信仰，而爱德蒙，像是站在时代之先、为霍布斯（Thomas Hobbes）政治哲学辩解的人，把自己交托给"自然"，把它当作生存与图谋私利的原则。

格洛斯特的人生观则是转向斯多葛（Stoic）逆来顺受的想法，寻求合适的死亡时机。自杀不成之后，他说道："今后我要忍受 / 痛苦，直到它自己喊 / '够了，够了'才死。"但是他无法维持这个立场：李尔和蔻迪莉亚战败的时候，我们发现他"又断了生趣"，意图寻短。爱德加的回应是给他更多的斯多葛式劝勉："人必须忍受 / 离开世间，一如忍受来到世间：/ 要等时机成熟。"然而这个时机成熟的观念没有成功：爱德加错估了向格洛斯特表明身份的时间，反而加速了他父亲的死。

　　因此，本剧的模式乃是使我们看到斯多葛式的安慰无效。第四幕开始的时候，爱德加思考自己的景况，替自己打气，认为最坏不过如此，可是接着他两眼被弄瞎的父亲来到，他立刻困惑起来——事情比先前更糟。若是说爱德加的例子显示出斯多葛式的安慰想法有所不足，奥尔巴尼的例子则证明了天道好还的信仰也不完全。他的信念是，好人会尝到"美德的酬劳"，坏人会喝到"应得的 [毒] 杯"。这种设计适用于坏人，却不适用于好人。在最后一场，奥尔巴尼试图安排一切，从混乱中理出秩序，然而随着他的每一项决定而来的，都是新的灾难：他欢迎恢复身份的爱德加，接着就听到格洛斯特的死讯，然后是两位女王的死讯；接着垂死的肯特上场；然后，听说蔻迪莉亚将被吊死，奥尔巴尼的回应是"求神明保佑她！"却只见李尔抱着已经吊死的她进来。神明并没有保佑她。之后奥尔巴尼试图把权力交还给李尔——李尔立即死亡。然后他想要说服肯特和爱德加平分王国，但肯特立即离开，去接受死亡。

　　这出戏的最后几行——在四开本和对开本中说话者不同——暗示，学到的教训乃是：斯多葛式的安慰不足为恃；宁可"说出感觉"而非"于理当说之言"。对开本里让爱德加来说这番话，比四开本里让奥尔巴尼来说，更具戏剧意义，因为爱德加在第三幕被剥夺一切后暴露于感受，跟李尔对穷人感同身受同时发生；由他担任表达这种情感的角色，较为合宜。

　　斯多葛派哲学家试图接受理性的驾驭，而非情感。然而，16 世纪杰出的人文主义者伊拉斯谟（Desiderius Erasmus）在他的《愚人颂》（*Praise of Folly*）一书里认为，为了追求智慧必须压制情感的这种观念不合人性。最要紧的是"感觉"——这正是格洛斯特必须学习的：不用理性看世界，而是"凭着感觉"。伊拉斯谟的愚人指出，友谊乃是最高的人性价值之一，而友谊靠的是情感。对李尔友善的人（弄臣，乔装为凯幽斯的肯特，先乔装为苦汤姆、后又乔装为农夫的爱德加），以及对格洛斯特友善的人（仆从、老人），都不是智者或富人。

我们都受制于情感与肉身；我们一生要扮演的一系列不同角色，绝非我们所能控制。"凡人的一生，不就是某种戏剧吗？"伊拉斯谟的愚人问道。李尔呼应这种想法："我们出生时会哭，因为来到 / 这傻瓜的大舞台。"在这世间的大戏园里，神明是观众，我们是戏台上的傻角。按照愚人的观点，我们看见国王和其他任何人没有两样。君主的装饰不过是戏服：这是愚人和李尔两人共同的发现。

这出戏完结于对千禧年世界末日的预示。号角吹响三次，宣告最后的决斗。然后，当李尔抱着他心爱女儿的尸体上场时，忠心耿耿的肯特问道："这就是应许的结局吗？"他想到的是世界末日，但这句话也是莎士比亚悄悄地暗示：在先前所有的李尔故事版本里（其中有些应该是他的观众耳熟能详的），蔻迪莉亚存活下来，李尔也重获王位。正因为这不是先前文学与戏剧传统所"应许"的结局，蔻迪莉亚的死才更加令人伤痛。

《李尔王》是一出充满问题的戏。重大问题都没有解答。最大的是李尔的"怎么狗啊、马啊、老鼠都有生命，/ 你却连一口气都没有？"在这世上，没有理性可言，没有天道公义可循。这一点，莎士比亚又跟他的故事出处——作者不详的旧剧《雷尔王》（King Leir）大相径庭：在后者里，基督教的神旨获胜。莎士比亚把他的素材放在凄凉的非基督教世界。如此一来，他不仅回顾过去，也瞻望未来，就是我们的世界——失去旧有宗教等级和道德确定的时代。

然而，很奇妙地，爱德加响应肯特所问"这就是应许的结局吗？"的话里，可以找到一个答案。他用另一个问题回答肯特的问题："或是那恐怖末日的影像？"这并不真的是世界末日；这是末日的影像。哈姆莱特说，演员举镜反映自然，但《李尔王》一再提醒我们，镜中所见乃是影像，而非事物本身。格洛斯特没有真正跳落悬崖：那是爱德加精心设计的一场游戏，用以开导他父亲。在不确定的时代，我们需要影像、游戏、实验来设法理解我们的世界。我们需要戏剧。因此，四个世纪以来，我们不断回到莎士比亚和他那人人都是演员、令人目为之眩的镜像世界。

从某一方面来看，《李尔王》的世界有种种末日的意象、发疯的国王、狡诈丑陋的两姊妹、弄臣，以及装疯的卑德阑乞丐——和日常生活简直相差得不可以道里计。然而从另一方面来看，这正是日常生活的影像，只不过是透过极端的角度所见。这出戏里使用寻常事物的语言——园里的水壶、鹪鹩、烤过的奶酪——的时间多过油腔滑调的宫廷语言艺术。

如此说来，这整出戏是否就像"多佛尔峭壁"那一场，乃是莎士比亚精心设计用来教导我们的游戏？只有把它当作一种感觉的教导，而不是高傲的批判，才可以这样说。若要真正回应这出戏，我们必须像最后一段台词所言，"说出感觉，而非于理当说之言"。**凭着感觉**来观看才有人性，不是借着简易的说教——如奥尔巴尼这类人物爱讲的"于理当说"的话。凭着感觉来观看，乃是以同情的眼光对待我们所见的影像，包括戏台上的以及世界大剧场里的。当李尔不再关心某种形象（君王鲜耀炫目的外表）而正视另外一种形象（天然粗糙的人，如弄臣、卑德阑乞儿和贫穷赤身的可怜虫）的时候，他才变得有人性。这出戏告诉我们，当最后号角响起时，审判我们的标准是我们对无依无靠者的同情心，而不是我们的社会地位。在这方面，跟在其他许多方面一样，莎士比亚不只代表他自己的时代发言，也代表我们的时代。

参考资料

剧情：不列颠国王李尔决意逊位，把王国分给三个女儿。他最疼爱的幺女蔻迪莉亚拒绝当众声明她对父亲的爱，因此立刻遭剥夺继承权，并且嫁给法兰西国王，没有得到任何嫁妆。肯特伯爵因为大胆替她辩护，也被李尔放逐。两位姐姐——贡妮芮和丽根——以及她们的夫婿继承了王国。格洛斯特被他的私生子爱德蒙蒙骗，剥夺了嫡子爱德加的继承权；爱德加被迫逃亡保命。释出权力的李尔为了住所的条件跟贡妮芮和丽根争执；一怒之下，他离家冲进暴风雨的夜里，只有他的弄臣和现在乔装为仆人的肯特相随。他们遇见了假扮为疯癫乞丐"苦汤姆"的爱德加。格洛斯特被爱德蒙出卖，遭到丽根和康沃尔逮捕，被挖掉眼睛。李尔王被秘密带到多佛尔；蔻迪莉亚率领一支法国军队在那里登陆。瞎了眼的格洛斯特与爱德加相遇，却没有认出他；爱德加引领他前往多佛尔。李尔与蔻迪莉亚两人和解，然而在随后的战斗中被两个姐姐的军队俘虏。贡妮芮和丽根两人都爱上爱德蒙，爱德蒙也向两人示好。贡妮芮的丈夫奥尔巴尼发现此事，便控告爱德蒙叛国，逼他为自己辩护。有一骑士出面挑战爱德蒙，予他致命重伤之后，表明自己乃是爱德加。有消息传来，贡妮芮已经毒死丽根并且自尽。爱德蒙临死之前透露，他已下令处死李尔和蔻迪莉亚。

主要角色：（列有台词行数百分比／台词段数／上场次数）李尔（22%/188/10），爱德加（11%/98/10），肯特伯爵（11%/127/12），格洛斯特伯爵（10%/118/12），爱德蒙（9%/79/9），傻子（7%/58/6），贡妮芮（6%/53/8），丽根（5%/73/8），奥尔巴尼公爵（5%/58/5），蔻迪莉亚（3%/31/4），康沃尔公爵（3%/63/5），奥斯华德（2%/38/7）。

语体风格： 诗体约占 75%，散体约占 25%。

创作年代： 1605—1606 年。1606 年 12 月于宫中演出；取材自旧剧《雷尔王》（1605 年出版）；似乎提到 1605 年 9 月的月食和 10 月的日食；引用了哈斯内特（Samuel Harsnett）、弗洛里奥（John Florio）1603 年出版的书籍。

取材来源： 根据《雷尔王及其三个女儿的真实编年史》（*The True Chronicle Historie of King Leir and his Three Daughters*）；这是 16 世纪 90 年代初伦敦剧目里的一出老戏，作者不详。但莎士比亚作了许多更动，包括把基督教天命的语言改为异教徒语言，并且带入悲剧结局。李尔的故事也出现在其他莎士比亚熟稔的来源里：《治事通鉴》（*The Mirrour for Magistrates*，1574 年版）、霍林谢德（Holinshed）的《编年史》（*Chronicles*，1587），以及斯宾塞（Edmund Spenser）史诗《仙后》（*The Faerie Queene*，1590）的第二卷第十章。这个故事在莎士比亚之前的所有版本里，都有一个"传奇剧"（romance）结局：老王重回女儿蔻迪莉亚身边，也得回王位。格洛斯特的支线情节来自锡德尼爵士（Sir Philip Sidney）所著《潘布若伯爵夫人的世外桃源》（*The Countess of Pembroke's Arcadia*，1590）里，第二卷第十章帕夫拉戈尼亚国王的故事：有个瞎眼老者被引领到悬崖顶，他因遭到自己的私生子蒙骗而意图在那里自杀；好儿子回来，与坏儿子相遇于一场骑士的决斗。这个故事的目的是用来举证"真实自然的善"与"卑劣的忘恩负义"；过了几章之后（第二卷第十五章），锡德尼又讲了另一个轻易受骗的国王怀疑自己善良儿子的故事。"苦汤姆"和傻子的角色完全是莎士比亚所创，虽然爱德加假装恶魔附身的言语有些借自哈斯内特的《揭发罪大恶极的天主教骗徒》（*Declaration of Egregious Popish Impostures*，1603）；这本书宣传天主教的阴谋以及假造的驱魔术。莎士比亚会读这本书，可能因为其中一位驱魔教士德布戴尔（Robert Debdale）来自 [他的家乡] 斯特拉特福（Stratford）。这出戏的语言以及某些哲学观念显示莎士比亚也读过弗洛里奥英译的《蒙田散文集》（*The Essayes of Montaigne*，1603）。

文本：1608 年以四开本出版，剧名为《威廉·莎士比亚先生：所著李尔王及其三个女儿的真实历史。另有格洛斯特伯爵之嫡嗣子爱德加的坎坷命运，及其化名卑德阑汤姆装疯卖傻：根据圣诞节期圣司提反日[1]当夜于白厅国王陛下御前献演之剧本。通常由其仆人[2]在岸边环球剧场演出》。这个本子印刷粗糙，一来由于印刷商（尼古拉斯·奥克斯 [Nicholas Okes]）没有排印剧本的经验，二来因为这似乎是根据莎士比亚自己的草稿，难以辨识。四开本收录了 1623 年对开本里所无的大约 300 行；对开本的剧本名为《李尔王的悲剧》，有明显证据显示是根据剧场演出本而来（不过使事情更为复杂的是，对开本的印刷也受到 1619 年的一个四开本重印本的影响：当时托马斯·帕维尔 [Thomas Pavier] 想要出一本莎士比亚选集，收录的十出戏中就包括了《李尔王》）。对开本则有大约 100 行是四开本所无，并有将近 1000 行里出现异文。因此这两种早期的文本代表本戏生命的两个阶段，经过大量的修订，无论是有系统的或是添补的。修订部分包括减少法国人侵部队的分量（或许出于政治理由）、澄清李尔分疆的动机，以及减弱奥尔巴尼的角色（包括把最后一段台词的说话人从他换成爱德加；这样做，言外之意就是拿走他统治不列颠的权利——

1　圣司提反日：St. Stephan's 在西方为 12 月 26 日，为的是纪念基督教第一位殉道者司提反（亦拼写为 Stephen；事迹见《圣经·新约·使徒行传》6—7 章）。——译者附注

2　其仆人：1603 年詹姆斯国王统领英格兰之后，担任莎士比亚所属剧团的赞助人，剧团更名为"国王供奉"，即"国王的仆人"（King's Men）。——译者附注

因为照莎士比亚悲剧的惯例，新的掌权者总是拥有最后发言权）。比较重大的删节是 [李尔王] 在茅舍里假审贡妮芮那一场，以及忠仆为格洛斯特流血的双眼止痛的悲悯桥段。几个世纪以来的编者综合了四开本和对开本的异文，创造出莎士比亚未曾写过的一出戏。我们支持 20 世纪 80 年代以来的学术研究，以及新的编辑传统，即把四开本和对开本视为两个不相连的实体。我们编辑了戏剧性比较强的对开本，但也修正了它的错误（错误还真不少，因为它大部分是由"排字工人戊"[Compositor E] 排版，而他是艾萨克·贾格德 [Isaac Jaggard] 店里最差劲的排印学徒）。四开本对于对开本的影响大有裨益于勘误。本剧版本校勘的注释自然比莎士比亚其他作品来得多；列出的四开本异文有几百处。我们把四开本独有的最重要段落印在剧本后面。

乔纳森·贝特（Jonathan Bate）

李尔王

李尔，不列颠国王

贡妮芮，李尔的长女

丽根，李尔的次女

蔻迪莉亚，李尔的幺女

奥尔巴尼公爵，贡妮芮的丈夫

康沃尔公爵，丽根的丈夫

法兰西国王，蔻迪莉亚的求婚者，后来成为她的丈夫

勃艮第公爵，蔻迪莉亚的求婚者

肯特伯爵，后来乔装为凯幽斯

格洛斯特伯爵

爱德加，格洛斯特的嫡子，后来乔装为"苦汤姆"

爱德蒙，格洛斯特的私生子

老人，格洛斯特的佃农

克伦，格洛斯特的家臣

傻子，李尔的弄臣

奥斯华德，贡妮芮的管家

侍臣，服侍李尔的骑士

侍臣，蔻迪莉亚的侍从

康沃尔的**仆人**

传令官

队长

扈从李尔的骑士、其他侍从、信差、兵士、仆人、号兵等

第一幕

第一场 / 第一景

不列颠王宫

肯特、格洛斯特与爱德蒙上

肯特 我原以为陛下喜欢奥尔巴尼公爵，胜过康沃尔公爵。

格洛斯特 我们向来觉得是这样；但现在要分国土，倒看不出他偏爱哪一位公爵，因为分配得太平均了，再怎么计较也无法看出差别。

肯特 大人，这位应是您的公子吧？

格洛斯特 老哥，他的养育是我的责任。我常羞于认他，但次数一多，现在已经老脸皮厚了。

肯特 我搞不懂 [1] 您的意思。

格洛斯特 老哥，这小伙子的母亲可懂得搞；因此她的肚皮搞得圆滚滚，然后，老哥，枕边还没个丈夫，摇篮里就先有个儿子。您看出这犯了忌吧？ [2]

肯特 我倒不愿这档子事没有发生，因为结果是如此体面。

格洛斯特 可我有个儿子，老哥，是合法生的，比这个大一岁吧，倒也没有更得我宝贝。这小子虽然是有点不明不白就自动报到，可他娘长得漂亮，制造他的时候快活得很，所以这野种是一定要认祖归宗的。——你认得这位高贵的绅士吗，爱德蒙？

---

1 搞不懂：原文 cannot conceive 中 conceive 意为"理解"，但格洛斯特在下一句带出这个词的另一解："怀孕"。

2 您看出这犯了忌吧？：原文 Do you smell a fault?；fault 原指"错；罪"，但也可指女性生殖器。

爱德蒙	不认得，父亲。
格洛斯特	是肯特大人。今后记住，他是我尊贵的朋友。
爱德蒙	但凭大人差遣。
肯特	我自然会爱护你，也愿意多认识你。
爱德蒙	大人，我会努力不辜负您。
格洛斯特	他出外[1]九年了，还要再离家。王上来了。

仪仗号。一人捧小王冠在前，随后李尔王、康沃尔、奥尔巴尼、贡妮芮、丽根、蔻迪莉亚及众侍从上

李尔	格洛斯特，去招呼法兰西王和勃艮第公爵。
格洛斯特	遵命，陛下。 下
李尔	朕要趁这时候公布朕的心意。

把那地图拿来。（肯特或一侍从向李尔呈上一地图）

听着：朕已经把

国土分为三份，下了决心

老来要摆脱一切烦恼和公务，

交托给年富力强的，朕自己

轻松地爬向死亡。康沃尔贤婿，

还有你，朕同样疼爱的奥尔巴尼贤婿，

朕心意已决，此刻要宣布

各个女儿的嫁妆；未来的纷争

现在就先预防。法兰西和勃艮第，

两位王公是向朕幺女求爱的对手，

为此在咱这宫内逗留了多日，

今天要给他们答复。女儿们，告诉我——

既然现在朕要卸下统治的权力，

---

1 出外：有可能是到另一贵族家里接受教育，这在当时很普遍。

领土的、国事的操烦——
让朕知道你们当中谁最爱朕，
朕好把最丰厚的恩惠赐给
既良善又孝顺的那一位。贡妮芮，
你是老大，先说吧。

贡妮芮　父亲，我爱您非语言所能表达；
胜过自己的眼睛、天地、自由；
超乎世上的财富或珍宝；犹如
德貌双全、康强、荣誉的生命。
子女献爱，父亲见爱，至多如此；
这种爱使言语贫乏，谈吐空虚：
超过这一切的比拟——我爱您。

蔻迪莉亚　（旁白）蔻迪莉亚该说什么？默默地爱吧。

李尔　（指着地图）在这全部的范围内，从这条线到这条，
有遮天的森林也有丰饶的平野，
有富足的河川和广阔的草原，
朕都交给你。让你和奥尔巴尼的子孙
代代相传。——咱的二女儿怎么说呢？
咱最疼爱的康沃尔夫人，丽根？

丽根　我和姐姐是同样材料做成的，
自认可以与她匹敌。我打从心底
觉得，她说出了我的真情实意；
只是那还不够，因为我要声明，
最宝贵的人身五官所能提供的
种种乐趣我一概都厌弃；
唯有在父王您的爱里
才感到幸福。

蔻迪莉亚	（旁白）这下蔻迪莉亚可怜了。
	却也不然，因为我确信我的爱
	结实厚重，胜过我的口舌。
李尔	你和你的子子孙孙永远
	继承朕这美丽江山的三分之一，
	无论面积、价值、享用都不下于
	赐给贡妮芮的。——（对蔻迪莉亚）现在，朕的宝贝，
	尽管你是老幺，你青春的爱情
	正由法兰西的葡萄和勃艮第的牛奶
	争夺着呢，你有什么可说，来取得
	比你两个姐姐更丰盛的第三份？说吧。
蔻迪莉亚	没有，父亲。
李尔	没有？
蔻迪莉亚	没有。
李尔	没有就什么都没有；重说。
蔻迪莉亚	我何其不幸，无法把我的心
	塞进我的嘴里：我爱王上
	是照着本分，不多也不少。
李尔	怎么回事，蔻迪莉亚？把话修正一下，
	免得损失了你的财富。
蔻迪莉亚	父亲大人，
	您生下我，养育我，疼爱我；
	我恰如其分地回报这一切，
	顺服您，敬爱您，格外尊崇您。
	两位姐姐为什么要嫁人，既然她们说
	全心爱您？也许哪天我结婚了，
	发誓和我过一辈子的夫婿会拿走

　　　　　　我一半的爱，一半的关怀和责任；
　　　　　　当然我无法像姐姐她们那样嫁法。

李尔　　　这可是你的真心话？

蔻迪莉亚　是的，父王。

李尔　　　这么年轻就这么无情？

蔻迪莉亚　这么年轻，父王，这么真诚。

李尔　　　那就这样：你的真诚就是你的嫁妆；
　　　　　　我指着太阳神圣的光辉、
　　　　　　指着巫神和黑夜的神秘、
　　　　　　指着天上掌管我们生死的
　　　　　　星宿之一切运行发誓——
　　　　　　我在此弃绝所有为父的职责、
　　　　　　嫡亲的血缘和骨肉关系；
　　　　　　今后在我心里，在我面前，
　　　　　　永远把你当作路人。古代的蛮族，
　　　　　　或是那种吞食自己亲生子女
　　　　　　果腹的人，我打从心里
　　　　　　对他们的友爱、怜悯、照顾，
　　　　　　不会比对你这已成过去的女儿更少。

肯特　　　好陛下——

李尔　　　闭嘴，肯特：
　　　　　　不要闯入恶龙和它的怒火之间。
　　　　　　我原来最疼她，想要把晚年
　　　　　　交给她亲切照顾。——（对蔻迪莉亚）滚，给我滚！——
　　　　　　愿我在坟墓得享安息，我要在此
　　　　　　割断父女情。去叫法兰西。没听见哪？
　　　　　　去叫勃艮第。——康沃尔和奥尔巴尼，

　　　　　　　　　　　　　　　　　　　　　　　　　　　侍从下

我两个女儿的妆奁以外，再加上这第三份。

就让骄傲，她所谓的率直，把她嫁出去。

权力、尊贵，以及国王应有的

荣耀风光，我都交给你们两人

共享。朕自己，以及留下来

由你们供养的一百名骑士，

要按月轮流住在你们家；

只是朕要保留国王的头衔

和体面。至于权力、税收，

还有其他政务的处理，

贤婿呀，都交给你们。口说无凭，

这顶小王冠你们分享[1]。（将小王冠递给他们裂为两半）

肯特　　尊贵的李尔，

我向来尊重您为我的王，

敬爱如父亲，追随如主人，

在祷告中思念如大恩人——

李尔　　弓已经弯足、引满，给我避开！

肯特　　尽管射吧，就算箭头穿入

我胸膛。既然李尔发疯了，

恕肯特无礼。你[2]想干吗呀，老头儿？

你以为权力向谄媚低头，

责任就会噤声？至尊堕落到至蠢，

荣誉更要直话直说。留着你的王位吧，

仔仔细细考虑，悬崖勒马。

1　或即是蔻迪莉亚的王冠，象征她的妆奁由两位姐夫分享。——译者附注

2　肯特见李尔不可理喻，也动怒了，用极不礼貌的"你"（thou）称呼国王。——译者附注

　　　　　我以生命担保我的判断：
　　　　　你的小女儿不是最不爱你；
　　　　　声音小，没有空洞的回响，
　　　　　并不表示无情。

李尔　　　肯特，不想活啦？闭嘴。

肯特　　　我这条命从来都只当是个卒子，
　　　　　用来抵挡你的仇敌，为了保护你，
　　　　　也不惜牺牲。

李尔　　　给我滚！

肯特　　　看清楚些，李尔，让我永远作为
　　　　　你眼前真实的靶心。

李尔　　　啊，阿波罗为证——

肯特　　　啊，阿波罗为证，王上，
　　　　　你向神明发誓也是白搭。[1]

李尔　　　（以手按剑或作势要杀肯特）噢，你这奴才！混账！

奥尔巴尼与蔻迪莉亚　　　好王上，请息怒。

肯特　　　杀掉你的医生，把医药费送给
　　　　　病魔算了。收回你的礼物，
　　　　　否则只要我还能扯着嗓门大叫，
　　　　　就要对你说，你大错特错啦。

李尔　　　听好了，叛徒，你既曾发誓效忠，就好好听着！
　　　　　你要朕做那从来不敢做的事——
　　　　　毁弃誓言；你又狂妄自以为是，
　　　　　拦阻朕行使权力，执行决定，

1　阿波罗（Apollo）是太阳神也是掌管射箭的神，但李尔王心眼已瞎，所以求之无效。——译者附注

是可忍孰不可忍。

朕要显示君威，你来领受奖赏吧：

朕给你五天的时间准备，

以免受到外面世界的祸害，

到第六天就转过你可恨的身子

离开朕的国土。假如过了一天

在国内还发现你被放逐的躯体，

就立刻要你死。滚！朱庇特[1]为证，

我绝不收回成命。

肯特　　　告辞了，王上。既然你如此顽固，

离开才有自由，留下乃是放逐。——

（对蔻迪莉亚）姑娘，愿神明庇佑你；

你的想法公允，说得也最合理。——

（对贡妮芮与丽根）愿你们能践行夸大的言辞，

从爱的话语结出善的果实。

列位公卿啊，肯特告别上路。

但在新的国度，他依然如故。　　　　　　　　　　下

喇叭奏花腔。格洛斯特、法兰西、勃艮第及众侍从上

蔻迪莉亚　禀陛下，法兰西和勃艮第到。

李尔　　　勃艮第大人，

寡人首先问您，您跟这位国王

都来向我女儿求婚；您至少

要求她有多少现成的嫁妆，

否则就放弃这门亲事？

勃艮第　　至尊的陛下，

1　朱庇特（Jupiter）：罗马神话中至高的天神。

我只求大人您应许过的，

您也不会少给吧。

李尔　　尊贵的勃艮第，

她是朕的宝贝时，朕宝贝她，

但现在她的价值下跌了。公爵，她就站在那儿：

假如那个小小个子里面，

或是里外全部，再加上朕的不满，

仅此而已——真能讨您的欢心，

她在那儿，她是您的。

勃艮第　这叫我难以回答。

李尔　　她浑身缺点，无朋无友，刚成了

朕的仇人，朕的诅咒是她的

嫁妆，朕已发誓当她是外人——

您是要她还是不要？

勃艮第　抱歉，陛下，

这样的条件我无法选择。

李尔　　那就放弃她吧，公爵；上天为证，

她的身价我都说了。——（对法兰西）至于您，大王，

我不愿大大得罪您，竟把

自己厌恨的许配于您；因此，请您

另外寻找更有价值的对象，

不要顾念这个造化简直羞于

承认的贱货。

法兰西　这太奇怪了，

她刚刚还是您眼中的宝贝，

赞美的题材，老年的安慰，

最好、最爱的，怎么转眼之间

就犯了滔天大罪，剥除了
种种的恩宠。她所犯的罪过
想必伤天害理至极，无可赦免，
否则您原先信誓旦旦的疼爱
会引来质疑。除非有奇迹，
按情理判断，我无法相信
她会这样。

蔻迪莉亚 容我恳求陛下——
倘若因为我不会油嘴滑舌，
言不由衷——因为我心中想的，
我会做了再说——请您说明
不是邪恶的污点、谋杀、卑劣，
不是伤风败俗或寡廉鲜耻
使我失去您的恩典和钟爱，
反而是那使我更加可贵的：
不惯抛媚眼以及幸而
没有的滑舌，尽管这个缺点
害我失去了您的欢心。

李尔 情愿没有
生下你来，好过不讨我喜爱。

法兰西 只为了这个吗？不就是天生的娴静，
常常不擅于把想要做的事
表达出来吗？勃艮第大人，
您觉得公主如何？爱情若是
掺杂了毫不相干的考虑，
就不是爱情了。您愿意娶她吗？
她本人就是嫁妆了。

勃艮第 （对李尔）陛下，

只要提供您亲口许诺的那一份，

我现在就娶蔻迪莉亚，让她做

勃艮第公爵夫人。

李尔 不给。我发过誓了，绝不改变。

勃艮第 （对蔻迪莉亚）那么，很抱歉，你失去了父亲，

只好也失去一个丈夫。

蔻迪莉亚 愿公爵平安。

既然他爱的是地位和财富，

我也不要做他的妻子。

法兰西 最美的蔻迪莉亚，你因贫穷而最富有，

因遭弃绝而最可贵，因受藐视而最蒙爱，

你和你的美德，我就此占有：

（牵她的手）只要是合法，那就人弃我取。

天哪，天！他们冷漠无动于衷，

竟激起我如此热烈敬重的爱。——

陛下，你[1]这没嫁妆的女儿，正好丢给我，

做寡人的王后，共治大好法兰西国。

水乡泽国勃艮第再多的贵族

也休想买走我这无价的姑娘。——

去道别吧，蔻迪莉亚，虽然他们无情无义。

你失去这里，却找到更美好的天地。

李尔 你得到了，法兰西。她是你的[2]，因为

朕没有这个女儿，今后也不会

---

1 你：法兰西国王改用较不尊重的 thou 称呼李尔王，或有鄙视之意。——译者附注

2 你、你的：李尔王也以较不恭敬的 thou 和 thine 回敬法兰西国王。——译者附注

再看到她那张脸。尽管上路吧，
寡人不会给予恩宠、慈爱、祝福。
来吧，尊贵的勃艮第。

喇叭奏花腔。众人下。法兰西与三姊妹留场

法兰西 向您的姐姐告别吧。

蔻迪莉亚 父亲的两位宝贝，蔻迪莉亚
含泪在此道别。我明白你们的为人，
身为妹妹我实不愿直接
说出你们的缺点。请善待父亲。
你们宣称爱他，我把他交托给你们。
可是，唉，我若还蒙他眷顾，
会替他安排更好的去处。
就此告别两位了。

丽根 不用规范我们的责任。

贡妮芮 你尽管想方设法
取悦你丈夫吧，他肯收留你，
是运气给的礼物。你缺乏孝顺心肠，
得不到想要的也是顺理成章。

蔻迪莉亚 虚情假意，迟早会被揭露；
隐藏过错，终将献丑蒙羞。
祝你们昌盛。

法兰西 走吧，美丽的蔻迪莉亚。　　　　*法兰西与蔻迪莉亚下*

贡妮芮 妹妹，我有很多话要说，是跟我们俩有切身关系的。我想父亲今晚就会动身。

丽根 那是一定的，是去跟你：下个月跟我们。

贡妮芮 你看他这把年纪多么善变：我们亲眼所见的还嫌少吗？他一向最疼小妹，现在又抛弃她，很明显是糊涂了。

丽根	这是他年老昏庸：不过他从来也没有太多自知之明。
贡妮芮	他在年华鼎盛的时候，就是冲动鲁莽的。那他年老了，可想而知我们不仅要接受他根深柢固的老毛病，还要忍受岁月带给他的倔强任性、暴躁易怒。
丽根	这回他一火大就放逐肯特，下次也很有可能这样对待我们。
贡妮芮	法兰西王临别前，他们两人还要行礼如仪。我俩且坐下商量计议：假设父亲对权力还是保持这种心态，那他这回下放权力只会害了我们。
丽根	我们得仔细考虑考虑。
贡妮芮	我们得拿出办法，而且要快。 同下

第二场 / 第二景

格洛斯特伯爵宅邸

私生子爱德蒙上，执一信

爱德蒙	大自然，你是我的女神：你的法则 我理当恪守。为什么我必须 忍受可厌的习俗，容许吹毛求疵的 社会来剥夺我的权益，只因为 我比哥哥出生晚了十二三个月？ 为什么叫野种？为什么是贱货？ 我相貌堂堂，一表人才， 我胸襟豪迈，长得也像父亲，

跟规矩妇人所生的一样。为什么要

烙上贱货、卑劣、野种的印记？贱货，贱货？

我们是精力旺盛时偷情所生，

打造更精密，体魄更强健，

哪像在乏味、厌倦、疲惫的卧榻上，

半醒半睡之间，搞出来的

一大堆孱弱的蠢货？所以呀，

正统的爱德加，我定要得到你的土地；

咱们父亲疼爱野种的爱德蒙

不亚于正统的——"正统的"，可真好听——

哼，正统的你呀，假如这封信奏效，

我的计谋成功，爱德蒙这贱货

要取代正统的。我会兴旺，会得志：

嗯，神明啊，替野种出头吧！

格洛斯特上

格洛斯特　肯特这样被放逐？法兰西王拂袖而去？

王上昨晚就离开？放弃了大权，

仰赖他人供养？这一切都来得

太仓促。爱德蒙，怎么了？有什么消息？

爱德蒙　（藏起信）禀大人，没有。

格洛斯特　你干吗这么急着收起那封信呀？

爱德蒙　我没听说什么消息，父亲。

格洛斯特　你刚才看的是什么信？

爱德蒙　没什么，父亲。

格洛斯特　没什么？那干吗要慌慌张张收进口袋里？既然没什么，就不需要掩藏。给我看：来，要是没什么，我就不用戴眼镜了。

爱德蒙　求求您，父亲，原谅我：那封信是哥哥写的，我还没有看完；

单就已细读的部分，我觉得您最好别看。

格洛斯特 把信交给我，小子。

爱德蒙 交不交出来，我都会冒犯您：这都要怪信里我所读到的那一部分内容。

格洛斯特 给我看，给我看。(爱德蒙递过信)

爱德蒙 希望哥哥写这封信的理由只是要试探我的品德。

格洛斯特 (读信)"现今以老为尊的规矩，使我们在这世上的黄金时期痛苦不堪，扣押了我们的家财，直到我们老得无法享受。我开始发现，老人专横压制乃是没有必要的荒唐束缚，而他们能够掌控，并不是因为他们有力量，而是因为我们容忍。请来我这里，好让我细谈此事。假如父亲能安眠到我唤醒他为止，你就可以永远享受他一半的收入，并为你哥哥所爱。爱德加。"

哼！阴谋！"安眠到我唤醒他为止，你就可以永远享受他一半的收入。"我的儿子爱德加？他的手写得出这种信？他的心肝脑袋想得出这种念头？你什么时候收到的？谁送来的?

爱德蒙 不是派人送来的，父亲；这就是狡猾的地方：是从我房间窗户扔进来的。

格洛斯特 你认得这是你哥哥的笔迹吗？

爱德蒙 假如写的内容是好的，父亲，我敢发誓是他的，但写成那个样子，我情愿认为不是。

格洛斯特 是他的。

爱德蒙 是他的笔迹，父亲，但我希望里面不是他的真心话。

格洛斯特 他以前没有试探你对这件事的心意吗？

爱德蒙 从来没有，父亲：但我常听他主张，做儿子的成年了而做父亲的也老迈了，父亲就该归儿子监护，由儿子支配他的收入。

格洛斯特 噢，混蛋，混蛋！信里正是这个意思！可恶的混蛋！伤天害理、可恶至极、禽兽一般的混蛋！比禽兽还不如！去，小子，去找他：我要逮捕他。没天良的混蛋，他人在哪里？

爱德蒙　我不清楚，父亲。假如您肯暂时平息对哥哥的怒气，等从他那里得到更确实的证据，明白他的用意再说，这样比较稳当；假如您对他采取激烈手段，误会了他的意思，那就会大大损害您的名誉，又会粉碎他的孝心。我敢拿性命替他担保，他写这封信，是要试探我对父亲您的感情，别无其他危险意图。

格洛斯特　你想是这样吗？

爱德蒙　父亲您觉得合适的话，我就把您安排在一个地方，可以听到我们商量这件事；透过亲耳证实来确认。也不必拖延，今晚就可以办到。

格洛斯特　他不可能是这样的魔鬼。爱德蒙，把他找出来：请你替我去诳出他的真心；你自己见机行事。我拼着丧失名位财富，也要查个水落石出。

爱德蒙　我这就去找他，父亲。我会设法处理这件事，再向您回报。

格洛斯特　最近的日食月食不是好兆头；即使人的科学可以如此这般解释，后来还是发现人性泯灭：情爱冷漠了，友谊生变了，兄弟失和了；城里有叛变；乡下有骚动；宫里有乱党；父子关系破裂。我这个混账儿子就是应了预言：这是子不子。王上背离了本性：这是父不父。我们最好的日子已经过去啰：阴谋、虚假、背叛，还有一切毁灭性的混乱扰攘不安地催逼我们走向坟墓。把这混蛋找出来，爱德蒙：对你只有好处没有坏处。小心行事。——还有那高贵忠心的肯特被放逐了！他的罪名？正直！怪事呀。　　　　　　　　　　　　　　下

爱德蒙　这真是世界上最最愚蠢的事：我们遭遇不幸——往往是因为自作自受——却把灾祸归咎于日月星辰，好像我们作恶是迫不得已，愚蠢是老天所逼，无赖、偷盗、悖逆都是受到星宿

主宰，酗酒、撒谎、通奸都是顺乎天道。我们的一切邪恶都是神意在推动：人这个色魔真是会推诿，把自己淫荡的本性怪在星星头上！我的父母在天龙座的尾巴底下交媾，我在大熊座底下出生，因此我必然粗暴淫荡。就算制造我这野种的时候，天上最纯洁的星星正眨着眼，我也还是现在这副德行。

爱德加上

他来得正是时候，就像老套喜剧的结尾。我演的角色是邪恶的忧郁，叹口气像卑德阑疯子汤姆[1]。——噢，这些个日食月食预兆着这些个纷争吵嚷！发，索，拉，咪。[2]

爱德加	怎么啦，弟弟，你在严肃思考些什么呀？
爱德蒙	哥哥，我在思考前几天读到的一个预言，说这些日食月食过后会发生什么事情。
爱德加	你花功夫在那玩意儿上？
爱德蒙	我告诉你，他写的那些个都不幸言中了。你最近是什么时候见到父亲的？
爱德加	昨天晚上。
爱德蒙	有跟他说话吗？
爱德加	有啊，谈了两个钟头。
爱德蒙	你们分手时愉快吗？没有在言谈举止中发现他不高兴吗？
爱德加	一点也没有。
爱德蒙	你好好想想，哪里得罪了他。我也劝你暂时避开他，等过些时候，他的怒气平息了些再说；此刻他正大动肝火，就算把你宰了也难消他的怒气。

1　卑德阑（Bedlam）即位于伦敦的伯利恒的圣马利亚医院（St. Mary of Bethlehem Hospital），是欧洲最早的一所精神病院；出院的病人有些成为乞丐。

2　爱德蒙自己哼着音阶。

爱德加	定是有小人要陷害我。

爱德蒙	我就怕是这样。我劝你克制自己，等他气消了；并且听我的，躲到我的住处，等到适当时机，我会带你去听听父亲大人的说法。你就去吧。我的钥匙在这里。（递过一钥匙）出门的时候，要随身带着武器。

爱德蒙	带武器，弟弟？

爱德加	哥哥，我这是为你好。要是没人对你存着恶意，我就不是个老实人。我把我看见的听到的都告诉你了，还只是轻描淡写，不是可怕的真相。你快走吧。

爱德加　　你很快就会给我消息吧？　　　　　　　　　　　　下

爱德蒙　　这件事我一定替你效力。——
　　　　　父亲轻易上当，哥哥忠厚老实；
　　　　　他天生没有害人之意，自然也就
　　　　　没有防人之心：对付愚蠢的诚实
　　　　　我的计谋容易施展。我知道怎么办。
　　　　　不能靠出身得地业，我就靠聪明：
　　　　　只要达到目的，什么手段都行。　　　　　　　下

第三场　　/　　第三景

贡妮芮与奥尔巴尼公爵宅邸

贡妮芮与管家奥斯华德上

贡妮芮　　我的家臣责备他的弄臣，我父亲就打了他？

奥斯华德　是的，夫人。

贡妮芮　不分日夜他都欺负我：时时刻刻
　　　　　都要惹出麻烦，不是这样就是那样，
　　　　　害我们全家不得安宁。我受不了了。
　　　　　他的骑士越来越嚣张，他自己一点
　　　　　芝麻小事就骂我。等他打猎回来，
　　　　　我不要跟他说话：就说我不舒服。
　　　　　你最好不要像往常那样
　　　　　服侍周到：出了事有我承担。

奥斯华德　（幕内号角声）他回来了，夫人：我听见了。

贡妮芮　你尽管摆出不理不睬的态度，
　　　　　你和你的手下：我要借此吵一架。
　　　　　他要是不高兴，就让他去我妹妹那里。
　　　　　对这件事，我知道，她和我想法一致。
　　　　　记住我说的。

奥斯华德　明白了，夫人。

贡妮芮　也让他的骑士被你们冷眼相待，有什么后果都不要紧：吩咐
　　　　　你手下这样做。我马上写信给妹妹，叫她采取同样行动。去
　　　　　准备开饭。　　　　　　　　　　　　　　　　　　　同下

第四场　　/　　景同前

肯特上，乔装改扮

肯特　　我只要再成功借用其他腔调，
　　　　　混淆我的口音，那我的好意
　　　　　就可以完全达到目的。为此
　　　　　我已经易容。现在，流放的肯特呀，
　　　　　你若是能在受罚的土地上尽忠，
　　　　　你所爱戴的主人应该会
　　　　　发现你颇有干才。

幕内号角声。李尔及众侍从（他的骑士）上

李尔　　我要用餐，一刻也不能等了：快去预备。——　　　一骑士下
　　　　　（对肯特）咦，你是谁呀？

肯特　　是条汉子，大爷。

李尔　　你干哪一行的？你想要什么？

肯特　　我样子像是干什么的，就可以干什么；我伺候信得过我的人；
　　　　　爱那诚实可靠的；跟聪明寡言的打交道；害怕审判[1]；逼不得
　　　　　已就打上一架；不吃鱼[2]。

李尔　　你到底是什么人？

肯特　　一个心地诚实的汉子，跟国王一样穷。

李尔　　假如你这个穷老百姓穷得跟国王一样，那你真的非常穷了。
　　　　　你要什么？

1　神或人的审判。
2　意指只肯吃肉，或不像天主教徒在礼拜五吃鱼，或不嫖妓。

肯特	干活。
李尔	想替谁干活？
肯特	您。
李尔	你可知道我是谁，老兄？
肯特	不知道，大爷，但您的神态有一种特质使我愿意称您为主人。
李尔	那是什么？
肯特	威严。
李尔	你能干些什么活？
肯特	我能保守正当的秘密，能骑，能跑，能把复杂的故事说得乱七八糟，也能把简单明了的口信传递得干净利落；一般人能做的，我都会；我最大的长处是肯卖力。
李尔	你多大岁数了？
肯特	大爷，说年纪小嘛，还不至于为了女子的歌喉就爱上她；说年纪大嘛，也不会因她那小小好处[1]就着了她的道；我活过四十八个寒暑了。
李尔	跟我来吧，你来伺候我；假如我吃过这顿饭后还这么喜欢你，就不会要你走路。——开饭，嘿，开饭！我那小子在哪儿？我的傻子？你们去把我的傻子叫过来。　　　　　　另一骑士下

管家奥斯华德上

　　　　喂，喂，小子，我女儿在哪儿？

奥斯华德	对不起——　　　　　　　　　　　　　　　　　　　　　下
李尔	那个家伙说什么？把那蠢材叫回来。——　　　另一骑士下 我那傻子在哪儿？唷，我看全世界都睡着了。——

　　一骑士上

　　　　怎么，那个狗杂种呢？

1　小小好处：原文 anything 的 thing 意指阴道。

骑士	他说呀，陛下，您的女儿不舒服。
李尔	我叫那个奴才的时候，他为什么不回来？
骑士	陛下，他直截了当回答我说，他不乐意。
李尔	他不乐意？
骑士	陛下，我不知道什么缘故，但依我看来，王上您受到的待遇，不如以往恭敬殷勤：不只一般仆人，就连公爵和您的女儿也都冷淡多了。
李尔	啊？有这种事？
骑士	陛下，我若说错了，请您恕罪；我职责所在，不能眼见王上被欺负还保持沉默。
李尔	你不过使我想起，近来我注意到有那么一点点的不周到，还以为是自己多心爱挑剔，不是他们存心怠慢。我要更仔细观察。可我那傻子呢？我两天没见着他了。
骑士	陛下，自从小公主去了法国，傻子已经憔悴许多了。
李尔	别再提这事了，我很清楚。——你们去告诉我女儿，我有话要跟她说。—— 一骑士下
	你去，把我的傻子叫过来。—— 另一骑士下

管家奥斯华德上

	噢，这位大爷，您，您过来。我是谁，请问？
奥斯华德	我家夫人的父亲。
李尔	"我家夫人的父亲"？还我家大爷的混蛋呢：你这狗杂种，你这奴才，你这狗崽子！
奥斯华德	对不起，大人，我不是这些个东西。
李尔	你敢跟我瞪眼，你这无赖？（打他）
奥斯华德	不可以打我，大人。

肯特	也不可以绊倒你吧，你这个踢足球的贱货[1]。（绊倒他）
李尔	谢谢你，伙计：你替我出力，我很喜欢你。
肯特	好啦，爷，起来，滚！我要教你知道分寸：滚，滚！假如你还想再丈量丈量你的傻大个儿[2]，那就别跑。还是滚吧，去你的。你脑残吗？好了。（把奥斯华德推出去）
李尔	嗯，好小子，谢谢你。这是雇用你的订金。（递过钱）

傻子上

傻子	我也要雇用他：这是我的鸡冠帽[3]。（递帽给肯特）
李尔	怎么样了，我的鬼灵精，你好吗？
傻子	（对肯特）小子，你最好收下我的帽子。
李尔	怎么说，孩子？
傻子	怎么说？因为他来跟失宠的站在一边：对呀，要是不会留意风向[4]，你很快就会着凉的。喏，接过我的帽子。你瞧，这个人赶走了两个女儿，祝福了第三个——虽然这不是他的本意。你既跟随他，就一定要戴我的帽子。——怎么啦，大叔[5]？我要有两顶鸡冠帽和两个女儿就好啰。
李尔	怎么说，孩子？
傻子	就算我把所有的财产都给了她们，总要留下鸡冠帽。 这顶是我的，去跟你女儿讨另外一顶吧。
李尔	当心挨鞭子，小子。
傻子	真理是条公狗，必须关在狗窝里；公狗必须用鞭子赶出屋去，母狗娘娘则不妨待在火炉边散发臭味。

---

1 在莎士比亚时代，相对于网球，足球是下层阶级的运动。

2 指再绊倒他，使他躺在地上，犹如丈量身材。

3 旧时弄臣（"傻子"）戴鸡冠帽。

4 意指讨好权贵。

5 指李尔。

李尔	气死我了!

傻子　　小子,我来教你一段话。

李尔　　教吧。

傻子　　听好了,大叔:

金玉满堂不露白,

学识渊博要装呆。

称称斤两才放贷,

骑马胜过走路来。

增广见闻莫轻信,

呼卢喝雉须谨慎。

戒嫖也戒酒,

不出大门口,

保你好运来,

一定发大财。

肯特　　这根本等于什么都没有讲嘛,傻子。

傻子　　(对李尔)那可不就像免费律师讲的话:您也没有付钱哪。——
　　　　大叔,"没有"这玩意儿有用吗?

李尔　　嘿,没用,孩子:没有只能变出没有。

傻子　　(对肯特)请你告诉他,"没有"就是他土地的租税。他是不
　　　　会相信傻子的。

李尔　　尖酸刻薄的傻子!

傻子　　孩子,你可会分辨尖酸刻薄的傻子和甜言蜜语的傻子?

李尔　　不会,小子,你来教我。

傻子　　大叔,给我一个蛋,我给你两顶王冠。

李尔　　那是什么样的王冠?

傻子　　嘿,我把蛋从中敲破,吃掉可以吃的,就成了那两顶王冠啰。
　　　　你当时把你的王冠从中间劈开,把两半都送掉,好比背着驴

子走泥土路。你那秃头里面没脑筋，才会把头上的金冠送出去。谁要先说我是傻人说傻话，就让他挨鞭子。

（唱）

> 傻子的生意一落千丈，
> 因为聪明人都变呆笨，
> 不知如何去展现智商，
> 他们的举止何其愚蠢。

李尔　你几时变得这么爱唱歌的，小子？

傻子　大叔啊，打从你把女儿当作你娘，唱歌就成了我的习惯。因为你把棍子交给她们，又褪下自己的裤子，

（唱）

> 她们顿时喜极而泣，
> 我则悲伤而歌：
> 国王竟然蒙住自己，
> 也成傻子一个。

拜托，大叔，请个老师来教你的傻瓜撒谎：我想学撒谎。

李尔　你敢撒谎，小子，看朕不抽你。

傻子　我搞不懂你跟你女儿是什么亲属关系呀：我说实话，她们要我挨鞭子；我撒谎，你要我挨鞭子；有时我闭嘴也挨鞭子。我宁可干别的也不要当傻子。但我可不要做你哦，大叔：你削掉自己智慧的两边，中间啥也没留下。削掉的一边来了。

贡妮芮上

李尔　怎么啦，女儿？怎么额头上扎了头巾[1]？你最近太爱皱眉头了。

傻子　你以前不必在乎她皱眉头，那时候你算是条好汉；如今你只是个零蛋，前面没有数字。我现在还比你强：我是个傻子，

1　头巾：原文 frontlet 意为"额饰"，旧时夜里戴在头上以抚平皱纹。此处亦可能是比喻皱眉。

你啥也不是。——（对贡妮芮）是啦，我闭嘴就是，是你的脸
色告诉我的，虽然你没说话。

（唱）

闭嘴巴，闭嘴巴，

不留碎屑与残渣，

他日追悔眼巴巴。

（指着李尔）那家伙是个空豆荚。

贡妮芮　父亲，不只您的这个傻子肆无忌惮，

连您的其他随扈也傲慢无礼，

老是找碴打斗，惹是生非，

过分得叫人无法忍受，父亲。

我原以为向您报告这些事情，

您一定会纠正，但最近您自己

的言行，使我越来越担心。

您包庇这种行为，甚至还加以

鼓励；果真如此，为这种过失

您难免被人闲话，也会有惩罚，

这是为了维护宅邸的安宁，

也许这么做会冒犯您，

使您难堪，但情非得已，

不失为谨慎的办法。

傻子　大叔啊，岂不知，

麻雀喂养布谷鸟[1]，

脑袋反被它吃掉。

就这样，烛火熄了，我们落入黑暗。

1　布谷鸟（cuckoo）下蛋在其他鸟的巢里。

李尔	（对贡妮芮）您还是朕的女儿吗？
贡妮芮	我希望您用您的智慧——
	我知道您是有的——收拾起
	这些个坏脾气：近来您因此
	变得不像该有的样子了。
傻子	车子拉马，笨驴难道看不出来？
	哇噻，骚货 [1]！我爱你。
李尔	你们有谁认得我？这不是李尔。
	李尔是这么走路说话的？他的眼睛在哪儿？
	莫非他已经头脑迷糊，神志
	不清——哈！我是醒着的吗？不是？
	有谁能告诉我，我是谁？
傻子	李尔的影子。
李尔	贵夫人，您的大名是？
贡妮芮	父亲，您这样装傻，正像是
	最近其他的新把戏。我拜托您
	清楚明白我的意思：
	您既然年高德劭，就该有智慧。
	您在这里养了一百名骑士和随从，
	他们太过放肆、荒唐、大胆，
	我们这宫廷受到他们举止的污染，
	成了放荡的客栈：享乐、纵欲
	使它变得更像是酒馆或妓院，
	而不是高雅的宫廷。这种羞辱
	必须立刻矫正。请照我的意思，

---

1 原文为 Jug，是 Joan 的昵称；Joan 又常用来指妓女。

稍稍减少您的随扈人员，要是
敬酒不吃，就只好吃罚酒；
至于留下来继续照顾您的人，
必须和您的年纪相称，
知道他们自己以及您的身份。

李尔　　漆黑地狱，魔鬼呀！——
　　　　（对一仆人）给我套马，把我的随从都叫过来。——
　　　　（对贡妮芮）你这贱种！我不打扰你了。
　　　　我还有一个女儿。

贡妮芮　您殴打我的人，您那没规矩的暴徒
　　　　还敢使唤他们的长官。

奥尔巴尼上

李尔　　悔之晚矣！——（对奥尔巴尼）这是您的主意吗？
　　　　说呀，大人。——（对一仆人）去给我备马。
　　　　忘恩负义，你这铁石心肠的恶魔，
　　　　出现在做子女的身上，比海怪
　　　　更为可怕！

奥尔巴尼　陛下，请息怒。

李尔　　（对贡妮芮）可恨的鹰枭，你胡扯。
　　　　我的手下全是难得的才俊，
　　　　对自己的职分一清二楚，
　　　　谨小慎微，完全当得起
　　　　他们的名声。啊，小而又小的瑕疵，
　　　　你在蔻迪莉亚身上显得多么丑陋！
　　　　竟像一把起子般撬开了我的本性，
　　　　搬离原位，抽出我心中全部的爱，
　　　　注入苦毒。李尔啊，李尔，李尔！

（捶自己脑袋）砸门哪，它放了愚蠢进来，赶走
可贵的理智！——走，走，我的人马。

奥尔巴尼　陛下，我是无辜的，我不知道
您生的什么气。

李尔　　也许吧，公爵。——
请听啊，造化女神，请你听好！
假如你有意让这个禽兽
生养众多，求你改变旨意：
使她的子宫无法生育，
使她繁殖的器官干涸，
使她下贱的身体永远生不出
宁馨儿；假如她非繁殖不可，
让她生个忤逆子，一辈子
乖张、暴戾，成为她的折磨，
在她青春的额头印上皱纹，
使她以泪洗面，流成沟渠，
使她为母的劬劳和慈爱只
换得嘲弄和鄙视，好叫她感受
忘恩孩子的刺痛，锐利超过
毒蛇的牙齿！——走吧，走啦！　　　下，肯特及众骑士或同下

奥尔巴尼　唉，神明在上，这是怎么回事？

贡妮芮　你别自找麻烦想追根究柢，
就随他的意思去尽量发泄
老人家的脾气。

李尔上

李尔　　什么，一下就裁掉我五十名随从？
不过半个月？

奥尔巴尼	怎么回事，陛下？
李尔	我待会儿告诉你。——（对贡妮芮）该死呀！我真羞耻，
	竟让你这样摧毁我的男子气概，
	竟让这些夺眶而出的热泪
	为你而流。愿狂风迷雾笼罩你！
	为父的诅咒带来脓疮破口，
	刺痛你浑身的神经！老眼你真傻：
	再为这件事哭泣，就把你挖出来
	扔掉，连同你流出的泪水，
	去湿润土地。啊？算了吧。
	我还有个女儿，
	她，我相信，有爱心，会安慰：
	等她听到你的作为，她会用指甲
	扒下你这张豺狼的脸皮。你等着瞧，
	我要恢复原有的样貌：别以为
	我已经将它永远抛弃了。　　　李尔，或与肯特及众骑士，下
贡妮芮	你看见没有？
奥尔巴尼	我不能太偏心，贡妮芮，
	虽然我十分爱你——
贡妮芮	你别说了。——喂，奥斯华德，过来！——
	（对傻子）您哪，大爷，不是傻子是混蛋，还不跟您的主子去。
傻子	李尔大叔，李尔大叔，等一等，带你的傻子一块儿走。
	（唱）
	如果抓得到狐狸，
	我拿帽子换绳子，
	连同这种不孝女，
	一并送上绞刑台！

傻子这就跟上来。 下

贡妮芮　谁替他出的好主意！一百个骑士？
让他随时保留一百个骑士，可真
聪明又安全：只要做个梦，
听到谣言，动个妄念，不称心如意，
就可以借他们的力量保住自己的昏聩，
威胁我们的性命。——奥斯华德，人呢！

奥尔巴尼　哦，你可能过虑了。

贡妮芮　总比太过放心来得安全。
我一定要除掉使我恐惧的危险，
不要经常恐惧被人除掉。我知道他的心思。
他说的话我都写信告诉妹妹了：
假如她不肯听从我的劝告，
还是收留父亲跟他的百名骑士——

管家奥斯华德上

怎么样了，奥斯华德？

怎么，给我妹妹的信写了吗？

奥斯华德　写了，夫人。

贡妮芮　带几个家丁，立刻上马去：
详细告诉她我个人的疑虑，
再加上你自己的一些理由，
把话说得更理直气壮。去吧，
快去快回。—— 奥斯华德下

不，不，老爷，
你这种乡愿老好人的作风
我虽不责怪，但，恕我直言，
人家只会骂你不够聪明，

不会称赞你有害无益的宽容。

奥尔巴尼　你的眼光多么远大我不知道：

本来好好的，改动反而更糟。

贡妮芮　不对，那——

奥尔巴尼　算了，算了，等着瞧吧。　　　　　　　　　同下

第五场　/　景同前

李尔、肯特、侍臣与傻子上，肯特乔装为凯幽斯

李尔　（对肯特）你带这封信到格洛斯特城去。我女儿问你信上的事你才说，其他知道的别讲。你不赶快的话，我会比你先到。

肯特　陛下，我会不眠不休，直到把信送达。　　　　　　下

傻子　假如人脑长在脚后跟，岂不是会长冻疮吗？

李尔　会呀，孩子。

傻子　那，你请放心：你的智慧不需要穿拖鞋来防冻疮 [1]。

李尔　哈哈哈！

傻子　你会看到你另一个女儿有多贴心。就算她俩长得一个像酸苹果，一个像甜苹果，可我还是能分辨出来。

李尔　怎么说，孩子？

傻子　她俩的口味一个样，就像酸苹果对酸苹果。你可知道为什么人的鼻子要长在脸当中？

1　嘲讽李尔去找丽根是没长脑筋。

李尔	不知道。
傻子	嘿，是要把眼睛摆在鼻子两边，好叫人闻不出来的，可以仔细瞧。
李尔	我错待她[1]了——
傻子	知道牡蛎怎样造自己的壳吗？
李尔	不知道。
傻子	我也不知道；但我知道为什么蜗牛要背房子。
李尔	为什么？
傻子	嘿，好把头放进去呀，不是为了送给它女儿，害自己的触角没个匣子可摆。
李尔	我要忘记为父天性。这做父亲的还不够慈爱吗！——我的马都备好了吗？
傻子	你的驴子[2]去备马了。七星[3]所以不超过七颗，理由很妙。
李尔	因为不是八颗。
傻子	对极了：你可以做个出色的傻子。
李尔	要用武力夺回来。残忍的忘恩负义！
傻子	假如你是我的傻子，大叔，你会挨打的，因为时候还没到你就先老了。
李尔	怎么说？
傻子	你还没长智慧，不该长年纪。
李尔	噢，别让我发疯，不要发疯，老天！ 保持我的神志清醒：我不要发疯！—— （对侍臣）怎么样了，马都预备好了吗？

---

1 指蔻迪莉亚。亦有可能指贡妮芮，did her wrong 解为"看错她了"。

2 驴子：ass 亦有"傻瓜"之意，指李尔的仆人。

3 七星：指昴宿星团（the Pleiades）。

侍臣　　预备好了，陛下。

李尔　　走吧，孩子。

傻子　　哪个闺女要是取笑我落跑，

　　　　　除非那话儿切短，不然她童贞难保。[1]　　　　　众人下

1　指嘲笑他离去的女孩太傻，容易失身。"那话儿"的原文是 things，在此意为阴茎。

第 二 幕

第一场　/　第四景

格洛斯特伯爵宅邸

私生子爱德蒙与克伦分头上

爱德蒙　　你好，克伦。

克伦　　　您好，少爷。我刚见过令尊，通禀他康沃尔公爵和丽根夫人今晚会来他这儿。

爱德蒙　　怎么会呢？

克伦　　　噢，我不知道。您听到外面的消息了吧：我是指小道消息，都还只是谣传而已。

爱德蒙　　我没听说。请教，是什么谣传？

克伦　　　您没听说，康沃尔公爵跟奥尔巴尼公爵双方快要打起来了吗？

爱德蒙　　完全没有。

克伦　　　到时候您就会知道了。再见，少爷。　　　　　　　　　下

爱德蒙　　公爵今晚到此？妙——妙极了！

　　　　　　这正好配合着我的行动。

　　　　　　父亲已经部署好要逮捕哥哥，

　　　　　　有一件事我非做不可，但必须

　　　　　　小心谨慎。祝我好运，马到成功！——

爱德加出现于高台，再自主台上

　　　　　　哥，跟你说句话。请快下来，哥！

　　　　　　父亲盯着呢：哥呀，快离开这里。

　　　　　　有人密告你躲藏在这儿，

现在你得要趁天黑逃跑。

你有没有说康沃尔公爵的坏话？

他现在连夜急忙赶来，

丽根也一起。你有没有说过

他们想对付奥尔巴尼公爵什么的？

认真想想。

爱德加 我确定，一个字也没有。

爱德蒙 我听到父亲来的声音，对不起：

我得拔剑对付你，好骗过他们。（拔剑）

拔剑哪，假装自卫。认真打。（爱德加拔剑）

快投降，见父亲去。——喂，拿火把来呦！——

快逃，哥。——火把，火把！——好，再见。　　　爱德加下

（刺伤自己手臂）我流点儿血可以使人认为

我打得比较拼命：我见过醉汉

闹着玩儿都比这还狠。——父亲，父亲！

住手，住手！没人来救吗？！

格洛斯特及众仆人执火把上

格洛斯特 爱德蒙啊，坏蛋在哪里？

爱德蒙 他刚刚站在暗处，拔出利剑，

喃喃念着咒语，呼唤月亮

做他的幸运女神——

格洛斯特 可他人在哪儿？

爱德蒙 父亲，您瞧，我流血了。

格洛斯特 坏蛋在哪里，爱德蒙？

爱德蒙 父亲，往这边逃了。他眼瞧没办法——

格洛斯特 追他去，喂！追呀。　　　　　　　　　众仆人下

没办法什么？

爱德蒙	说服我谋杀父亲您，
	而我告诉他，惩处世人的神明
	早用雷霆对准了弑父者，
	跟他说父子血脉相连，
	关系何等深厚；总之，父亲，
	他看我对他大逆不道的图谋
	深恶痛绝，坚决反对，就狠狠
	用他早有预谋的剑，对准我毫无
	防备的身子刺过来，伤了我手臂；
	他见我鼓起了大无畏的勇气，
	理直气壮，挺身跟他拼斗，
	或者因为我的喊叫令他害怕，
	拔腿就逃。
格洛斯特	就让他逃吧：
	在这片土地上一定会捉到他，
	捉到了——就处决。尊贵的公爵大人，
	我的大恩主，今晚莅临。
	我会请他准许我发出通告，
	谁要是找到他，把这杀人的懦夫
	送到死刑场，谁就得到奖赏；
	谁藏匿他，谁就死。
爱德蒙	我劝他放弃这种意图，但是
	看他一意孤行，我就放狠话，
	恐吓要揭发他；他回答说，
	"你这没继承权的野种，你想想，
	我若是反驳你，你有什么
	信用、德行，还是身份，可以叫人

相信你的话？不可能。我要是否认——
我一定会否认，即使你拿出
我的亲笔信来——我还要说这一切
都是你的唆使、阴谋、恶毒的诡计；
除非你把世人都变成傻瓜，
他们一定会想，我若死了对你
大有好处，引诱你动了歹念，
要我的命。"（幕内号声）

格洛斯特 啊，大逆不道的畜生！
他要否认自己写的信，他说的？
你听，公爵的喇叭声！不知他打哪儿来的。
我要封锁所有出入口：这畜生逃不了。
公爵必须准许我这样做。他的画像
我也要四处分送，好让全国
都留意他，而我的土地，
忠诚孝顺的孩子，我会设法
让你得到。

康沃尔、丽根及众侍从上

康沃尔 怎么回事，我高贵的朋友？我一来——
也只是刚到而已——就听说了怪事。

丽根 事情若是真的，所有治罪的刑罚
都嫌太轻了。你好吗，大人？

格洛斯特 啊，夫人，我这颗老心碎啦，碎啦！

丽根 怎么，我父亲的教子 [1] 竟要你的命？

1　教子（godson）：在基督教中，婴儿受洗时由成年人担任其教父母（godparent），并通常为
　他命名（见下一行）。

　　　　　由我父亲命名的他？你的爱德加？
格洛斯特　噢，夫人，夫人，我真是没脸说！
丽根　　他不是常跟照顾我父亲的那批
　　　　　骑士混在一起吗？
格洛斯特　我不知道，夫人。太糟糕了，太糟糕。
爱德蒙　是的，夫人，他是那一伙的。
丽根　　那就难怪他近墨者黑了：
　　　　　定是他们出主意要老人家的命，
　　　　　好来挥霍他的财富。
　　　　　我今晚从姐姐那里得到
　　　　　他们的消息，她警告我，
　　　　　假如他们要住到我家，
　　　　　我就不在家。
康沃尔　我保证也不在，丽根。——
　　　　　爱德蒙，我听说你对令尊
　　　　　尽了人子之义。
爱德蒙　那是我的本分，大人。
格洛斯特　（对康沃尔）他揭发哥哥的阴谋，为了逮捕他
　　　　　而受了您看见的创伤。
康沃尔　有派人去捉拿吗？
格洛斯特　有，大人。
康沃尔　逮着了他，就不必再
　　　　　担心他起危害。以我的名义，
　　　　　你要怎么办都行。至于你，爱德蒙，
　　　　　你的品德和孝心如今
　　　　　大大彰显，我要你替我服务。
　　　　　这么可靠的天性，我们很需要。

	我们先要定你了。
爱德蒙	我愿忠心服侍大人，万死不辞。
格洛斯特	我替他谢谢殿下。
康沃尔	你不知道我们为何来造访吧？
丽根	这样摸黑搅扰，来得不是时候。
	尊贵的大人，有重要事情，
	我们必须听听您的意见。
	我父亲写了信，我姐姐也写了，
	谈到双方的争执，我想最好
	别在家里回信。双方的信差
	也来这儿等回音。善良的老朋友，
	您且先宽心，我们需要您
	对我们的事情惠赐高见，
	立刻就要决定。
格洛斯特	遵命，夫人。
	欢迎两位殿下。

众人下。喇叭奏花腔

第二场 / 第五景

格洛斯特伯爵宅邸外

肯特与管家奥斯华德分头上，肯特乔装为凯幽斯

奥斯华德	早安，朋友。是这府邸的人吗？
肯特	嗯。

奥斯华德	我们可以把马安置在哪儿?
肯特	在烂泥巴里。
奥斯华德	拜托,不嫌弃的话,请告诉我。
肯特	我嫌弃你。
奥斯华德	哦,那我也不要理你。
肯特	假如我是在牙关镇牲口栏[1]见着你,你就非理我不可。
奥斯华德	你干吗这样待我?我又不认得你。
肯特	小子,我认得你。
奥斯华德	认得我是什么人?
肯特	坏蛋、流氓、吃剩菜的、卑鄙、傲慢、浅薄、摇尾乞怜、穿三件制服的[2]、想积攒一百镑买个头衔的、龌龊、穿粗毛袜的下人、胆小鬼、好打官司的、私生子、爱照镜子的、随人使唤啰里啰唆的用人、家当一皮箱的奴才、拉皮条的能手;不过就是坏蛋、乞丐、懦夫、淫媒、杂种狗娘的狗儿子加起来的综合体:你要是敢否认这些头衔里的任何一个字,我就把你打得叫爹喊娘。
奥斯华德	怪了,你这家伙可恶透了,你我互不相识,竟然这样辱骂我!
肯特	你这无赖脸皮好厚,敢说不认得我!只不过两天前,我在王上跟前把你绊倒,还打了你一顿。拔剑吧,混账,尽管现在是夜晚,还有月光呢。我要把你打成月光布丁,你这婊子养的不要脸的美发族。拔剑! (拔剑)
奥斯华德	走开!我才不要理你呢。
肯特	拔剑哪,你这下三烂。你带着对王上不利的信,护着那虚荣

1　牙关镇牲口栏:原文 Lipsbury pinfold 可能是肯特自己编的名字;原注:Lipsbury = Lipstown。这里采用卞之琳先生的妙译。——译者附注
2　仆人每年可领三件制服。

的女人来对付她的父王。拔剑哪，你这恶棍，不然看我斜切你的小腿。拔剑，你这贱货，过来呀。

奥斯华德　救命啊！杀人啦！救命！

肯特　打呀，奴才！站住，流氓，站住，打扮光鲜的奴才，打呀！
（痛打他）

奥斯华德　救命啊！杀人啦！杀人啦！

私生子爱德蒙、康沃尔、丽根、格洛斯特及众仆人上

爱德蒙　怎么啦，怎么回事？住手！

肯特　小子，你要动手的话我奉陪。来呀，我来教教你。过来，少爷。

格洛斯特　动起刀剑？怎么回事啊？

康沃尔　住手，不然要你们的命。谁再攻击就要谁死。怎么回事？

丽根　是咱姐姐和国王的信差。

康沃尔　你们有什么争执？说。

奥斯华德　我还喘不过气来，大人。

肯特　也难怪，您大大鼓起了勇气嘛。您这胆小的流氓，造化都不要认你：你是裁缝造的[1]。

康沃尔　你是个怪胎——裁缝造人？

肯特　是裁缝，大人：石匠或画匠就算只学艺两年，也不会造出他这种烂货。

康沃尔　说，你们怎么吵起来的？

奥斯华德　大人，这个老流氓，我是看在他的白胡子分上，才饶了他的命——

肯特　你这婊子养的废物，人渣[2]！——大人，您若容许，我要把这

1　指奥斯华德外表光鲜，内里空无一物。

2　废物，人渣：原文是 … zed, thou unnecessary letter。zed 即字母 z，说它 unnecessary 是因为英文很少用到，可用 s 替代，而且拉丁文里也没有。

不中用的踩成泥巴去涂抹茅坑的墙壁。——敢说饶了我的白
胡子，你这摇尾乞怜的？

康沃尔　闭嘴，贱人！

撒野的流氓，您不懂规矩呀？

肯特　　我懂，大人，但生气的人享有特权。

康沃尔　你生什么气？

肯特　　气他这种不诚实的奴才竟然

也佩着剑。这种笑面虎，

像老鼠一样，常咬断紧密

联结的神圣关系[1]；逢迎主子

任何无理反常的意念，

遇火则浇油，逢雪则加霜，

或报复或支持，他那翠鸟的嘴尖

随着主子动怒或变化而转向[2]，

跟狗一样，啥也不懂，只会跟从。——

（对奥斯华德）我咒你这张癫痫脸得瘟疫！

你笑我讲的话，当我是傻瓜？

呆头鹅，要是在塞勒姆平原让我逮着，

不把你呱呱叫赶回卡米洛老家才怪[3]。

康沃尔　怎么，你疯了吗，老小子？

格洛斯特　你们怎么吵起来的？说这个。

肯特　　再怎么水火不容的也比不上

1　指亲情或婚姻纽带。

2　相传翠鸟（原文 halcyon = kingfisher）死后晒干挂起来，可作风信鸡。

3　塞勒姆（Sarum）即今英格兰西南部威尔特郡（Wiltshire）的索尔兹伯里（Salisbury）；卡米
洛（Camelot）是传说中亚瑟王（King Arthur）的宫廷所在地。

我跟这个坏坏。

康沃尔　为什么说他是坏坏？他有什么错？

肯特　他这张脸不讨我喜欢。

康沃尔　恐怕也不喜欢我的、他的、她的啰——

肯特　大人，我这个人有话直说：
我这辈子的确见过俊美的
容貌，胜过此刻在我眼前
任何肩膀上摆着的脸。

康沃尔　这种家伙呀，
有人夸过他率直，就爱装出
傲慢无礼的态度，故意说些
不合宜的话。他是不会谄媚的，他。
他的心诚实坦率，只能说实话！
别人容忍就算了；不然，他坦率嘛。
我知道这种坏蛋，表面率直，
暗里包藏的奸诈和祸心
多过二十个打躬哈腰、服侍
无微不至的蠢仆人。

肯特　大人，小的谨以赤忱，吐肺腑之言：
您容光焕发，犹如日神额上
的火冠，散放出四射的光芒，
伏惟[1]——

康沃尔　这是什么意思？

肯特　容我抛弃我平常的言语，因为您这么不爱听。大人，我知道
我不会谄媚：用老老实实的话来骗人的就是实实在在的骗子；

1　肯特故意改用矫揉造作的吹捧言语。

这种人我不要做，即便因此而冒犯了您。

康沃尔　　（对奥斯华德）你是怎么得罪他的？

奥斯华德　我根本就没有。

他的主人王上最近由于误会，

出手打我，而他，跟他主人同谋，

迎合他主人的不满，从后头绊倒我，

我倒在地上，受羞辱，被痛骂，

他摆出一副大丈夫的模样，

俨然英雄好汉，博得国王夸奖，

只因攻击一个不愿还手的人；

而就因那场战功自鸣得意，

在这里又对我拔剑。

肯特　　　跟这些恶棍和懦夫比起来，

埃阿斯[1]还差得远咧。

康沃尔　　去把脚枷拿来！——

好个顽固的老恶棍，牛皮仙，

咱要教训你。

肯特　　　大人，我太老，改不了。

您别上我脚枷：我伺候王上，

奉他差派来到您这儿。

您要是枷锁他的信差，会显得

对我主人王上本人和他的身份

不敬、放肆、恶毒。

康沃尔　　去把脚枷拿过来！我以生命和荣誉

保证，他得在那里坐到中午。

1　埃阿斯（Ajax）是希腊大力勇士，以愚蠢无谋出名。此处是嘲讽康沃尔。

丽根	到中午？要到晚上，夫君，要一整晚。
肯特	喂，夫人，就算我是你父亲的狗，
	你也不该这般对待我。
丽根	先生，你是他的无赖，所以我要如此。

抬出脚枷

康沃尔	这家伙跟大姐所说的那帮人
	一模一样。快，脚枷抬过来！
格洛斯特	我恳求殿下高抬贵手。
	这样处罚他的信差，做主子的
	国王必然会见怪，认为是
	太瞧不起他了。
康沃尔	这个有我负责。
丽根	我姐姐见她的家臣被欺负、
	打骂，只怕会更加生气。（肯特锁入脚枷）
康沃尔	走吧，大人。 众人下。格洛斯特与肯特留场
格洛斯特	朋友，我替你难过。这是公爵的意思，
	他的脾气，大家都知道，
	不听劝也拦不住。我会替你求情。
肯特	拜托不要，大人。我赶路来，没合眼，
	可以睡觉打发一些时间，或吹吹口哨。
	好人的运气也可能从脚跟溜走。[1]
	再会了。
格洛斯特	这是公爵的不是：王上会见怪的。 下
肯特	好王上，你非得证明这句俗话：
	上天的祝福你不要，偏来亲近

---

1 俗语，原意是指"从袜子或鞋子溜走"，现用于上脚枷的肯特，十分贴切。

这热太阳。（取出一信）

快来，你这光照下界的明灯[1]，

好让我借着你舒适的光线

细读这封信。患难的时候最容易

见到奇迹。我知道这信来自蔻迪莉亚。

何其幸运地，她得到消息，

知道我的秘密行动，会找机会

从大法兰西而来，设法

亡羊补牢。沉重的眼睛啊，

久未合上疲惫不堪，趁此机会

不看这可耻的歇脚处。

幸运之神，晚安。再次微笑，转动轮盘[2]吧！（入睡）

爱德加上

爱德加　　　我听闻自己被通告缉捕，

幸亏靠一棵空心的树

才躲过。没有港口可以通行，

到处都戒备格外森严，

等着捉拿我。我要保全自己，

直到能够脱逃。现在决定

打扮成贫困用以羞辱人的

最卑贱最穷乏、接近禽兽的

形貌：我要在脸上抹污泥，

用毯子裹腰，头发揉成乱结，

1　明灯：原注指这是太阳。肯特挑衅奥斯华德时曾说，"尽管现在是夜晚，还有月光呢"（见正文 52 页）；现在要读信，希望太阳快出来。——译者附注

2　传统认为幸运之神是转动轮盘的女子，能使高者降卑，卑者升高。

以赤身露体来对抗
风暴和天候的寒热迫害。
乡下地方的卑德阑乞丐
是我的榜样：他们高声喊叫，
用尖针、木锥、铁钉、迷迭香树枝
戳进他们麻木没知觉的手臂，
就以这副可怕模样，到破农场、
穷村落、羊圈，还有磨坊，
有时靠疯言咒骂，有时靠祈祷，
逼人施舍。可怜土里裹，苦汤姆[1]！
那还是个东西：爱德加我啥也不是[2]。　　　　　　下

李尔、傻子与侍臣上

李尔　　奇怪他们竟会这样出门，
　　　　　也不打发我的信差回来。

侍臣　　我听说，
　　　　　前一晚他们并没有打算要
　　　　　换住处。

肯特　　（醒转）你好哇，尊贵的主人！

李尔　　啊？你拿这羞辱当消遣？

肯特　　不是的，主人。

傻子　　哈哈，他穿着苦儿牌吊袜带[3]呢。对付马儿要笼头，狗和熊要
　　　　　套脖子，猴子要缠腰，人要绑腿：谁要是腿劲太强[4]，那他就

---

1 "土里裹"原文 Turlygod，来历不详，今译其音；"苦汤姆"则是许多乞丐的自称。

2 后半句 Edgar I nothing am 可有两种解释："身为爱德加的我不存在"或"我抛弃爱德加的身份"。

3 苦儿牌吊袜带：原文 cruel garters 的 cruel（残酷）和 crewel（织袜的松捻毛线）谐音。

4 腿劲太强：原文 over-lusty at legs 形容随时想逃跑的仆人，但也是性欲过强的双关语。

得穿木头袜子。

李尔　　是哪个家伙弄错你的身份，竟然
　　　　把你锁在这儿？

肯特　　是家伙跟娘儿们：
　　　　您的女婿跟女儿。

李尔　　不会。

肯特　　会。

李尔　　不会，我说。

肯特　　我说，会。

李尔　　我指着天神发誓，不会。

肯特　　我指着天后发誓，会。

李尔　　他们不敢这样做，
　　　　他们不能、也不会这样做。对尊贵的人
　　　　如此极端凌辱，比谋杀还恶劣。
　　　　快快告诉我你犯了什么罪，
　　　　还是他们无缘无故这样对待你，
　　　　你是朕差派的呀。

肯特　　陛下，到了他们家，
　　　　我的确把您的信奉上，
　　　　恭恭敬敬跪在地上，
　　　　还没起身呢，就来了个信差，
　　　　气急败坏，一身臭汗，喘吁吁
　　　　替他的女主人贡妮芮致意，
　　　　也不顾打断了我，就呈上信；
　　　　他们立刻展读，照着信里内容
　　　　召集了随扈，随即上马，
　　　　命我跟着来，要等他们有空

> 才给我回话，摆冷面孔给我看；
> 然后在这里碰上那个信差，
> 我看是因他受欢迎才害我受冷淡——
> 而他正是最近当众对陛下您
> 表现得十分傲慢的家伙——
> 是我有勇无谋，当场拔剑。
> 他胆子小声音大，把全宅吵醒：
> 令婿和令爱认为这罪过该当
> 受到现在这样的羞辱。

傻子 如果大雁朝南飞，冬天还没过去呢。

（唱）

> 父亲若穿破衣裳，
> 子女相见不相认；
> 父亲若有银满囊，
> 子女贴心又孝顺。
> 命运是个大淫婆，
> 从来不开穷人锁。

话虽如此，你会因你的女儿得到许多荫蔽[1]，够你好好数上一整年呢！

李尔 啊，激动的情绪直涌上心头！
上升的歇斯底里呀，下去吧：
底下才是你的位子！[2] ——这个女儿人在哪儿？

肯特 和伯爵一起，大人，在那里面。

---

1 荫蔽：原文为 dolours（悲哀），与 dollars（银币）谐音。译为"荫蔽"，保留反讽意味。
——译者附注

2 当时医学认为，歇斯底里（hysteria）是妇人易得之症，出于子宫；于男人则在下腹。

李尔	别跟过来：待在这里。 下
侍臣	除了刚才说的，你没犯别的过错吗？
肯特	没有。王上怎么只带了这么几个人？
傻子	光凭你问了这话，就活该上脚枷。
肯特	怎么说，傻子？
傻子	我们要安排你去跟蚂蚁学，教你冬天别做工。凡是跟着鼻子走的，除非是瞎子，都靠眼睛看路；要是有人倒霉发臭，二十个鼻子没有一个会闻不出来。大轮子滚下山，这时你要放手，免得跟下去弄断了颈子；可是大人物往上爬的时候，就让他拖着你走。如果有聪明人给你更好的劝告，就把我的还回来。我只让贱人照着做，因为是傻子给的嘛。

（唱）

伺候都只为钱钞，
追随不过装模样。
一旦下雨就打包，
风暴让你一人当。
傻子不走我要留下，
任凭俊杰脚底抹油；
贱货开溜真正犯傻，
傻子不贱老天保佑。

李尔与格洛斯特上

肯特	你哪儿学来这些个，傻子？
傻子	不是从脚枷，傻子。
李尔	拒绝跟我说话？他们不舒服，他们累了，
他们走了一整夜？都是幌子，
摆明了要造反要背叛。
回我一个中听点的答案。

格洛斯特	亲爱的陛下， 您知道公爵的火爆脾气， 他多么顽固，要怎么做 是不会动摇的。
李尔	天谴、瘟疫、死亡、毁灭！ 火爆？什么脾气？喂，格洛斯特，格洛斯特， 我要跟康沃尔公爵和他老婆说话。
格洛斯特	唉，陛下呀，这话我已经通禀了。
李尔	通禀了？喂，你懂我的意思吗？
格洛斯特	懂，陛下。
李尔	国王要跟康沃尔说话，慈爱的父亲 要跟他女儿说话，命令、等候他们服侍。 这话通禀他们了吗？我的气血都飙起来了！ 火爆？火爆公爵？去告诉那烈性公爵—— 不，还是别急：也许他是真不舒服。 人病了，常会疏忽健康时应尽的 责任。身子受折磨， 逼着头脑跟它受苦， 人就不由自主了。我要忍耐， 不再顺着我过度的轻率任性， 把难受病人偶然的发作，错认是 健康人的行为。（看见肯特）我的王权废掉算了！ 为什么要他坐在这里？这种行为 使我相信公爵夫妇不来见我 是伎俩。把我的仆人放出来。 去跟公爵夫妇讲，我要跟他们说话， 现在就要。叫他们出来听我说，

	不然我要在他们房门前打起鼓来，
	不让他们好睡。
格洛斯特	但愿你们双方和和气气。　　　　　　　　　　　下
李尔	啊，我的心，我翻腾的心！给我下去！
傻子	大叔，对它吆喝呀，就像那娇生惯养的娘儿们，把鳗鱼活生生放进面糊里，然后用根棍子敲它们的头，喊着说："下去，淘气鬼，给我下去！"也就像她的哥哥，出于一片好心，在马吃的干草上抹奶油。[1]

康沃尔、丽根、格洛斯特及众仆人上

李尔	早安，两位。
康沃尔	恭迎陛下！

肯特获释

丽根	很高兴见到陛下。
李尔	我想也是。我知道我有什么理由
	这样想：假如你不高兴，
	我就要跟你母亲的坟墓切割，因为
	里面是个通奸的女人。——（对肯特）啊，你自由啦？
	这事以后再说。——亲爱的丽根，
	你姐姐不是个东西：噢，丽根，她把
	无情的尖喙，像秃鹰般，对准这里[2]。（指着自己的心）
	我对你简直说不出口。你不会相信
	有多么邪恶——噢，丽根！
丽根	我请求您，陛下，忍耐些：我想，

1　按：马不喜欢油腻。以上两例都是不当的好心适得其反。

2　希腊神话中，普罗米修斯（Prometheus）因为偷盗众神之火给人类而受到惩罚，永远遭秃鹰啃噬他的肝。

怕是您没看出她的好意，
而不是她忽略了孝道。

李尔 哦？怎么说？

丽根 我无法想象姐姐会有丝毫
疏忽自己的本分。如果说，陛下，
她约束了您那些闹事的随从，
理由很充分，目的也正当，
完全不能责怪她。

李尔 我诅咒她！

丽根 陛下呀，您老了；
您的天年快要满了，
应该有个比您自己清楚
您状况的人来约束
和引领。因此，我请您
还是回到姐姐那里去，
说是您错怪了她。

李尔 向她讨饶？
你看看这样的家还成什么体统：
（跪地）亲爱的女儿，我承认自己老了；
老人是多余的。我双膝跪下，求您
赐给我衣服、床铺、食物。

丽根 好父王，别这样了：这把戏很难看。
回去姐姐那里吧。

李尔 （起身）绝不去，丽根。
她裁减了我一半的随从，
凶狠地看待我，用她的舌头
简直像毒蛇般对准我的心攻击。

愿天上储存的惩罚都落在
她那忘恩负义的头上！邪风毒气呀，
求你瘫痪她年轻的骨头——

康沃尔 什么话，陛下，什么话！

李尔 快速的闪电哪，用你炫目的火焰
射入她轻蔑的眼睛！太阳从沼泽
吸取的瘴气呀，腐蚀她的美貌，
使她长疱疹！

丽根 哎哟老天！您动起怒来也会
这样诅咒我。

李尔 不会的，丽根，你绝不会被我诅咒：
你温柔的天性不会使你
变得残酷。她的眼睛凶恶，而你的
柔和不伤人。以你的个性不会
舍不得给我享受，裁撤我的随扈，
跟我抢白，削减我的待遇，
甚至到了锁上大门、不让我
进去的地步。你比较懂得
天伦的道理、子女的责任、
礼貌的行为、感恩的回报：
你没有忘记你那半壁江山
是我赏赐给你的。

丽根 父亲，说重点吧。（幕内号声）

李尔 是谁把我的人上脚枷的？

管家奥斯华德上

康沃尔 是什么喇叭声？

丽根 我知道是姐姐的。正如她信上所写，

　　　　　　说她很快就会过来。——（对奥斯华德）夫人来了吗？

李尔　　　这个奴才呀，他狐假虎威，

　　　　　　仗的是他女主人恶心的恩宠。——

　　　　　　给我滚出去，无赖！

康沃尔　　陛下什么意思？

贡妮芮上

李尔　　　是谁枷了我的仆人？丽根，但愿

　　　　　　你并不知情。谁来了？噢，老天哪，

　　　　　　你若是疼惜老人，你天上的仁政

　　　　　　若是认可孝道，你自己若是老者，

　　　　　　就把这当作你自己的事，派神明下凡，替我申冤！——

　　　　　　（对贡妮芮）你有脸见我这把胡子吗？——

　　　　　　（丽根与贡妮芮牵手）噢，丽根，你竟牵起她的手？

贡妮芮　　为什么不能牵手，陛下？我哪里错了？

　　　　　　糊涂和昏聩所认定的过犯

　　　　　　未必正确。

李尔　　　胸膛啊，你太坚实了！

　　　　　　你还不胀破吗？[1]——我的人怎么上了脚枷？

康沃尔　　陛下，是我处置的。他自己那么胡闹，

　　　　　　这处罚还算太轻了。

李尔　　　你？是你？

丽根　　　我劝您，父亲，老了就服老嘛。

　　　　　　您且回去和姐姐住，

　　　　　　等到一个月期满为止，

　　　　　　辞退一半的随从，再来我这里：

1　意谓李尔满腔怒气。

如今我不在家，要款待您，
缺少必要的物资供应。

李尔　回她那里？还要裁减五十个人？

不，我情愿什么屋顶都不要，

甘心对抗露天的敌意，

去做野狼、鸮鸟的伙伴——

穷困潦倒的逼迫！回她那里？

哼，热血的法国国王，没拿嫁妆

就娶了咱最小的；不如要我

跪在他王座前，像个仆人，乞讨

津贴苟延残喘。跟她回去？

先说服我当奴才、做牛马

服侍这个可憎的下人。（指着奥斯华德）

贡妮芮　悉听尊便，父亲。

李尔　我求你，女儿，不要逼我发疯。

我不打搅你了，孩子，别了：

我们不再相见，不会再见面。

但你还是我的肉、我的血、我女儿——

该说是我肉里的病毒，

我必须承认是我的：你是个脓包，

是个溃疡，不然就是个肿瘤，

在我不健康的家族里。但我不骂你：

让羞耻自然到来，我不去呼唤。

我不求雷神[1]劈下雷霆，

1　雷神：原文为 thunder-bearer，即罗马神话中掌管上天及雷霆的众神之王朱庇特（Jupiter）；
　　相当于希腊神话中的宙斯（Zeus）。下一行的"高天审判官乔武"（high-judging Jove）亦指
　　朱庇特。

也不向高天审判官乔武告你的状。
能改过就改过，你慢慢改进：
我能忍耐，我可以跟丽根住，
我和我的一百个骑士。

丽根　不是这样的：
我还没盼您来呢，也没做好准备
来妥善欢迎您。父亲，听姐姐的，
凡明理人看到您的冲动行为，
都会觉得您老了，所以呢——
她可知道自己在干什么。

李尔　这可是真心话？

丽根　那当然，父亲。什么，五十个骑士？
这还不好吗？您要更多干吗呢？
是呀，既然开销和安全都不容许
这么多的人？一个宅邸里住
这么多人，有两个主人指挥，怎么可能
融洽相处？太难了，简直不可想象。

贡妮芮　父亲，您何不就让她的仆人，
或是我的仆人，来伺候？

丽根　有什么不好呢，父亲？他们要是有所怠慢，
我们也好管教。若是您到我那里——
我现在发现有危险——我恳求您
最多只带二十五位：多了
我不给地方，也不认可。

李尔　我把一切都给了你们——

丽根　给的也恰是时候。

李尔　让你们做我的监护人、托管者，

　　　　　　只保留一条：要有这么多人
　　　　　　跟着我。怎么，我去你那里只能带
　　　　　　二十五个？丽根，这是你说的？

丽根　　我重申一次，父亲：多了我不接受。

李尔　　恶心的东西看来还满顺眼的，
　　　　　　如果别的更加恶心：只要不是最糟，
　　　　　　就还有可取之处。——（对贡妮芮）我跟你走。
　　　　　　你那五十是二十五的两倍，
　　　　　　因此你的爱是她的双份。

贡妮芮　听我说，父亲：
　　　　　　您干吗要二十五个、十个，还是五个
　　　　　　跟班？家里已经有了两倍的
　　　　　　人手听命照顾您了。

丽根　　需要用得着一个吗？

李尔　　啊，别以需要来理论！乞丐再卑微，
　　　　　　总也有些粗劣东西是多余的：
　　　　　　如果不许得到超出天然的需要，
　　　　　　人的命就贱如禽兽。你是个夫人；
　　　　　　假如衣着能够保暖就算华丽，
　　　　　　那，你华丽的穿着就不是天然的需要，
　　　　　　因为根本不能保暖。但真正的需要——
　　　　　　老天哪，赐给我忍耐，忍耐我需要！
　　　　　　众神哪，瞧瞧我，一个可怜的老人，
　　　　　　年纪大，悲痛深，两般儿不幸。
　　　　　　假如是你们煽动这些女儿的心肠
　　　　　　来忤逆她们的父亲，就别叫我傻傻地
　　　　　　逆来顺受：用尊贵的怒火激励我，

别让妇人家的武器，泪水，玷污我
男子汉的脸颊！不，大逆不道的夜叉，
我要重重地报复你们两个，
叫世人都——我要做出一些——
是些什么现在还不知道，但一定会
举世震惊！你们以为我会哭。
不，我不会哭。我有充分理由可以哭，

暴风雨起

可除非这颗心碎裂成千万片，
我绝不哭。噢，傻子呀，我快发疯了！

李尔、格洛斯特、肯特与傻子下

康沃尔 咱们进去吧，暴风雨要来了。

丽根 这宅邸小，老头子和他那帮人
不方便安顿。

贡妮芮 这要怪他自己，给他歇息他不要，
只好去品尝自己的愚蠢。

丽根 光是他一个人，我倒乐于接待，
但一个随从都不行。

贡妮芮 我也是这样想。
格洛斯特大人呢？

格洛斯特上

康沃尔 跟老头子出去了。他回来了。

格洛斯特 王上大发脾气。

康沃尔 他要去哪里？

格洛斯特 他叫人备马，但我不知道去哪里。

康沃尔 最好顺着他，爱去哪里去哪里。

贡妮芮 大人，千万别去留他。

格洛斯特　哎呀，天快黑了，又吹着
　　　　　狂风，这方圆好几哩内
　　　　　连个树丛都没有。

丽根　　　大人哪，对任性的人，
　　　　　他们自己招来的伤害
　　　　　正好教训他们。关紧你的门户：
　　　　　他有一帮亡命之徒跟着，
　　　　　爱给他出馊主意，会挑唆他
　　　　　去做出什么事，还得防备些。

康沃尔　　关好门，大人，这是暴风雨的夜晚。
　　　　　咱的丽根说得对：躲开风暴吧。　　　　　众人下

第 三 幕

第一场　／　第六景

距格洛斯特伯爵宅邸不远的荒野某处
暴风雨依旧。肯特与一侍臣分头上

肯特　　谁在那儿啊，除了暴风雨？

侍臣　　一个心情像这天候、极不安宁的人。

肯特　　我认得您。王上人在哪里？

侍臣　　在和恶劣的天候吵架；
　　　　　硬要狂风把大地吹到海里，
　　　　　不然就使汹涌的海水淹没陆地，
　　　　　好让万事改变或归于无有。

肯特　　但有谁陪着他？

侍从　　只有傻子一个人，他竭力打趣，
　　　　　想解除王上锥心的伤痛。

肯特　　先生，我的确认得您，
　　　　　敢凭着我的观察，托付您
　　　　　一件重要的事。虽然目前
　　　　　双方互相要诈，遮掩着表面，
　　　　　其实奥尔巴尼和康沃尔已经分裂。
　　　　　他们都有一些仆从——靠着福星
　　　　　得到高位的，谁没有呢？——看来规矩，
　　　　　其实却是法兰西的间谍和密探，
　　　　　搜集我国的情报。他们瞧了去的，

	无论是公爵之间的明争暗斗，
	还是这两人对恩慈老王的
	无情，恐怕还都只是表面，
	或有更深的隐情藏在底下。
侍从	我们再谈谈吧。
肯特	不，不必了。
	要证明我的身份远高过
	我的外表，打开这钱包，（递过一钱包）拿走
	里面的东西。假如您见到蔻迪莉亚——
	一定会见到的——让她看这戒指，（递过一戒指）
	她就会告诉您，您现在还不认识的
	这个人是谁。可恶的暴风雨！
	我找王上去。
侍从	咱们握个手。您没别的话要交代吗？
肯特	几句而已，但，比刚才说过的都重要：
	我们分头去找王上，您往那边，
	我这边——谁先发现他，
	就大喊通知对方。

分头下

第二场 / 景同前

暴风雨依旧。李尔与傻子上

李尔	吹呀，狂风，吹破你的脸颊！拼命吹吧，

　　　　倾盆大雨、泛滥洪水呀，你尽管喷吐，

　　　　直到淹没尖塔，淹死塔顶的风信鸡！

　　　　迅雷不及掩耳的恶毒闪电，

　　　　劈裂橡树的雷霆的先行使者，

　　　　烧焦我的白头吧！惊天动地的雷霆，

　　　　砸扁这个圆滚滚的世界，

　　　　打裂造化的模子，使种子顷刻间全都散落，

　　　　不得生出忘恩负义的人类！

傻子　　噢，大叔，干爽屋里奉承的口沫胜过这户外的雨水。好大叔，
　　　　回大宅里去吧，去求你女儿的祝福：这样的夜晚，无论聪明
　　　　人还是傻子，它都不会怜悯的。

李尔　　发泄你一肚皮的轰隆！吐火吧，喷水吧！

　　　　风、雨、雷、电都不是我的女儿。

　　　　我不责怪你们无情无义。

　　　　我未曾给你们国土，称你们孩子；

　　　　你们无须顺服我。所以就痛痛快快

　　　　发狠吧。我站在这里，你们的奴隶，

　　　　一个可怜、衰弱、无力、受鄙视的老人。

　　　　但我还是要说你们是卑贱的帮凶，

　　　　竟跟两个恶毒的女儿连手，

　　　　用天上制造的武力来对付我这

　　　　上了年纪的白头老翁。噢嗬，下流呀！

傻子　　有个房子让自己脑袋钻进去的人，算是脑袋好：

　　　　（唱）

　　　　脑袋没有安身处，

> 大屌先有地方住 [1]，
>
> 毛发滋生虱子多，
>
> 乞丐如此娶老婆。
>
> 如果体恤脚拇指，
>
> 胜过保守你心志，
>
> 活该脚上长疮疗，
>
> 辗转反侧不安宁。
>
> 没有哪个漂亮女人不对着镜子搔首弄姿的。

肯特上，乔装为凯幽斯

李尔　　不，我要做忍耐的典范，

　　　　什么也不说。

肯特　　是谁在那里？

傻子　　喂，是陛下跟大屌：就是聪明人跟傻子。[2]

肯特　　天哪，陛下，您在这里呀？偏爱夜晚的

　　　　也不会爱这样的夜晚。暴怒的天空

　　　　就连夜行动物都给吓得

　　　　躲在自己的洞里。自我长大后，

　　　　像这般大片的闪电、这般可怕的

　　　　阵阵雷声、这般愤怒咆哮的风雨，

　　　　听都没听过：是人都受不了

　　　　这种折磨跟恐惧。

李尔　　让伟大的众神，

　　　　在我们头上发飙的众神，

1　"大屌"原文为 codpiece，本是男人裤子前方的一块盖片，常用以凸显性器，引申为屌。"有地方住"指性交。

2　"傻子"有时候穿夸张的屌袋，一般也说他们的性器特大。

去搜出他们的敌人。发抖吧，坏蛋，

你心里有隐藏的罪孽还没

受到公理惩罚。躲藏吧，你这凶手，

你这发假誓的，你这道貌岸然

其实乱伦的人。卑鄙的家伙，

抖成碎片吧，你靠着伪装假冒，

谋害人命。隐蔽森严的罪恶，

劈开你们藏身之处，向上天这些

恐怖的衙役讨饶吧。我这个人，

受罪多于犯罪。

肯特　天哪，光着头？

好陛下，附近有个小茅舍，

可以帮您遮挡这暴风雨。

您到那儿休息，我去这硬心肠的府邸——

它比建造它的石块还要硬，

我刚才去那里打听您的下落，

竟不让我进去——我要再去，逼出

他们悭吝的善意。

李尔　我开始神志不清了。

来吧，孩子。怎么了，我的孩子？冷吗？

我自己也冷。——草房在哪里，朋友？

人的穷困真是奇妙的艺术，

可以化腐朽为神奇。走，到你的茅舍去。——

可怜的傻子，我还有一份心

替你难受呢。

傻子　（唱）

只要还有一点头脑在，

嘿，呦，雨在下来风在刮，

谁会在乎运气好或坏，

管他雨呀雨呀天天下。

李尔　没错，孩子。——带咱们到那茅舍去吧。　　　　李尔与肯特下

傻子　这么了不起的夜晚连婊子都骚不起来。

我要说个预言才走：

哪一天，牧师光说不会做；

哪一天，酿酒的白水掺太多；

哪一天，贵族当起裁缝的师傅；

不烧异教徒，专烧[1]好色之徒；

哪一天，审理官司都秉公；

扈从不欠债，骑士不贫穷；

哪一天，舌头不造谣；

扒手也不往群众盗；

哪一天，放高利的当众数钱钞，

老鸨和妓女肯把教堂造，

那时节，整个阿尔比恩[2]

必然乱纷纷：

活到那时节，大家会看到，

走路要靠那双脚[3]。

这个预言该让梅林以后说，因为我活在他前面。[4]　　　　　下

1　"烧"暗指患上梅毒时出现的烧灼感。

2　阿尔比恩（Albion）是不列颠（Britain）的古称。

3　可能是说，大乱之后回归正常。

4　梅林（Merlin）是亚瑟王（King Arthur）的巫师；李尔王的传说早于亚瑟王传奇。

第三场 / 第七景

格洛斯特伯爵宅邸

格洛斯特与爱德蒙上，执火把

格洛斯特　悲惨，悲惨，爱德蒙，我不喜欢这样违背天理。我请他们容许我去帮助他，他们竟不准我使用我自家的房子，命令我不得提起他，替他求情，或以任何方式伸出援手，否则谴责我一辈子。

爱德蒙　蛮横不近情理，莫此为甚。

格洛斯特　呔！你什么也别说。不仅两位公爵不和，而且还有比那更糟的事情。我今晚收到一封信——说出来很危险——我把信锁在密室里了。王上现在受到的这种种虐待定要报复到底；有一支军队已经登陆了。我们必须站在王上这边。我要去找他，偷偷解救他。你去跟公爵聊天，免得我的好心被他察觉。他要是问起我，只推说我人不舒服，去睡了。就算要我的命——他们是这样威胁我的——也一定要解救我的老主人王上。料想不到的事就快要发生了，爱德蒙：你可得小心。　下

爱德蒙　不准你[1]献殷勤你偏不听；马上

　　　　让公爵知道这件事，还有那封信。

　　　　看来这是立功领赏的好机会；父亲

　　　　失去的，我来取得——一分都不少。

　　　　年轻人出头，要趁老的跌倒。　下

1　爱德蒙用"你"（thee）而不是对长辈的"您"（you）称呼自己父亲，显示他对格洛斯特的蔑视。

第四场 / 第八景

距格洛斯特伯爵宅邸不远的荒野某处，一茅屋外
李尔、肯特与傻子上，肯特乔装为凯幽斯

肯特　　这里就是了，陛下。好陛下，进去吧。
　　　　户外夜晚的风暴太猛烈，
　　　　不是人能忍受的。

暴风雨依旧

李尔　　别管我。
肯特　　好陛下，请进去吧。
李尔　　要叫我心碎吗？
肯特　　我宁可自己心碎。好陛下，请进。
李尔　　这样的狂风暴雨，侵入我们肌肤，
　　　　你以为很严重：那是你的想法，
　　　　可是如果有更重的病痛缠身，
　　　　小病痛就感觉不到。你想躲一头熊，
　　　　但如果只能逃往汹涌的大海，
　　　　你就会正面对付那熊了。心无挂虑，
　　　　身体才敏感：我心中的风暴
　　　　把其他感觉一扫而空，
　　　　只剩这里跳动的。儿女忘恩负义！
　　　　岂不正像这张嘴竟要咬断这只
　　　　拿食物喂它的手？但我会严加惩罚。
　　　　不，我不会再流泪了。这样的夜晚
　　　　把我关在门外？尽管倾泻吧，我会忍受。

在这样的夜晚？噢，丽根、贡妮芮呀，

你们好心的老爸，他慷慨给了一切——

噢，这样想会发疯：我要避免，

不再想这个。

肯特　　好陛下，请进去吧。

李尔　　请你自己进去，安顿一下。

这场暴风雨不容我思索

更伤心的事。我还是进去吧。——

（对傻子）进去，孩子，你先。——

　　　　　　　　　　　　　　无家可归的穷苦人哪——

不，你进去。——我要祈祷，然后才睡觉。　　　　傻子下

（跪地）赤条条的可怜人哪，不论你们在哪里，

碰到这无情的狂风暴雨不停息，

凭着你们上无片瓦的脑袋、饥饿的肚皮、

窟窿百出的褴褛衣裳，如何抵挡

这般天候？噢，我从来没有

关心到这个！奢侈的人，去治病吧：

裸露身子来体会穷人的感觉，

好甩掉你多余的给他们，

显得上天还有一些公道。

爱德加与傻子上，在茅屋内

爱德加　　一㖞半，一㖞半[1]！苦汤姆呦！

傻子　　别进来，大叔，里面有妖怪。救命，救命！

肯特　　你把手伸过来。是谁在那儿？

傻子　　一个妖怪，妖怪。他说他叫苦汤姆。

1　一㖞约为六呎。爱德加模仿水手，如丈量进水的船一般丈量茅屋里面水有多深。

肯特　你是个什么东西，在草房里嘟哝？过来。（爱德加乔装为疯乞丐走出）

爱德加　滚！邪魔紧跟着我！风儿吹过尖利的山楂树。哼！到你床上取暖去。

李尔　你把一切都给了你女儿吗？竟落到这个田地？

爱德加　谁肯施舍苦汤姆一点什么？邪魔领他踏过火踏过焰，经过浅滩和漩涡，跳过泥塘和沼泽；在他枕边放刀子；在他教堂长椅摆绞索；在他汤碗旁边搁鼠药；使他心高气大，骑着枣红快马奔过四吋宽的桥，把自己的影子当成奸贼来追赶。保佑你五智不亏！汤姆好冷。噢，哆抖，哆抖，哆抖。保佑你免于旋风、星灾、感染！对苦汤姆行行好，他被邪魔搅扰得好惨。现在可给我逮着了——还有这里——又是这里，跟这里。

暴风雨依旧

李尔　是他的女儿把他害成这模样？

　　　　你一样也没留下？全都给了她们？

傻子　不，他留了一条毯子，否则我们就都要难为情了。

李尔　唉，愿天上所有要惩罚罪人的

　　　　瘟疫，全降到你女儿身上！

肯特　他没有女儿，陛下。

李尔　该死，叛徒！除了他狠心的女儿，

　　　　没有别的能把人践踏到这么卑微。

1　以上都是魔鬼引诱人自杀的方式。

2　五智：原文为 five wits，意指五种精神官能，即一般常识、想象力、幻想力、计算力和记忆力。

3　哆抖：原文 do de，或状牙齿打颤声？

这是流行吗——被抛弃的父亲
都这般不顾惜他们的肉体[1]？
惩罚得好哇！原来就是这肉体生出
那些个残忍的[2]女儿。

爱德加 鸡鸡坐上鸡鸡山[3]：阿喽，阿喽，噜，噜！

傻子 这种寒天会把我们都变成傻子跟疯子。

爱德加 小心那邪魔：[4]孝顺父母，言语公正，不赌咒，不奸淫有夫之妇，不恋慕盛装华服。汤姆好冷。

李尔 你原来是做什么的？

爱德加 是个仆人，心高气傲，卷烫头发，帽上佩挂手套[5]，伺候过女主人的情欲，跟她干过暧昧的事；一开口就赌咒，然后当着老天爷的面背誓；睡时想着淫乱，醒来就去干；我好酒贪杯，喜爱赌博，玩过的女人多于土耳其苏丹的后宫；心术不正，爱听八卦，手段狠毒；猪一般懒惰，狐狸一般狡猾，豺狼一般贪婪，狗一般疯癫，狮子一般凶狠。别因鞋子吱吱、丝绸窸窣使你的心被女人勾引；你的脚不可踏进妓院，你的手不可伸入裙缝[6]，你的笔不可摆在放债人的账本上[7]，还要抗拒邪魔。寒风依旧吹过山楂树，说什么籁呜、暮俺、喏呢[8]，都番[9]好孩子，孩子停！让他快跑过去。

1 指爱德加对自己身体的残害。
2 残忍的：原文为 pelican（鹈鹕），据说它的幼鸟以母鸟的血为食。
3 这可能是一句古儿歌。鸡鸡原文是 Pillicock，是阴茎的俚语；鸡鸡山 Pillicock-hill 则是女阴。
4 以下是爱德加改述《圣经》十诫中的五诫。
5 手套是情人给的礼物，挂在帽子上炫耀。
6 裙缝：喻指女阴。
7 亦即不要签下借贷的契约。
8 籁呜（suum）、暮俺（mun），应是风声；喏呢（nonny）常用于副歌的一部分。
9 都番（Dolphin）：爱德加可能在对想象中的马说话。

暴风雨依旧

李尔　与其用你无遮无盖的身体面对这极端的天候，还不如藏身坟墓里。难道人就只是这样吗？善待他吧。蚕，你不欠它丝；兽，不欠它皮；羊，不欠它毛；麝，不欠它香。啊？这里有我们三个是过于复杂的。你是事物的本相：没穿衣服的人不过是可怜赤裸的两脚动物，像你这样。脱掉，脱掉，这些身外之物！来，解开这扣子。（撕脱自己的衣服）

格洛斯特执一火把上

傻子　大叔，别动气：这么恶劣的夜晚不适合游泳。野地里的一点火苗就像老色鬼的心，只一星亮光，其他全身都是冷的。瞧，来了个会走动的火光。

爱德加　这是恶魔弗力伯提吉贝：他从入夜走到第一声鸡啼，叫人害白内障、斜眼、兔唇，使白净的麦子发霉，伤害地上的可怜动物。

（念唱？）

圣伟铎[1]上山丘巡逻三回，

遇见夜煞和她九个小鬼[2]；

令她下马来，

发誓不使坏，

然后：走开，巫婆，急急如律令！

肯特　陛下怎么了？

李尔　那是个什么人？

肯特　是谁在那儿？你找什么？

格洛斯特　你们是什么人？什么名字？

1　圣伟铎：原文为 Swithold，可能是 Saint Withold，显然他守护众生不受伤害。

2　夜煞：原文为 nightmare，指据说会压住眠者胸口、引发噩梦和窒息感的恶女妖；"九个小鬼"可能指随侍她的小恶魔。

爱德加	叫苦汤姆，吃会游水的青蛙、蛤蟆、蝌蚪、壁虎、蝾螈；如果邪魔发作，他怒火攻心，就吃牛粪当生菜，吞食老鼠跟沟里的死狗；喝死水塘里的浮渣；我从一个教区被鞭打到另一个教区，上过枷，受过罚，坐过牢；从前背上有过三件制服，身上有过六件衬衫[1]：

也曾经，骑马佩刀颇称威武，

但是呀，老鼠地鼠和小动物，

七年喽，汤姆靠它们裹肚腹。

当心我的跟班。安静，斯木金[2]，安静，你这邪魔！

格洛斯特	什么，陛下就没有像样点的做伴吗？
爱德加	黑暗王子[3]可是个绅士：

他叫魔多，也叫麻虎[4]。

格洛斯特	（对李尔）陛下，我们的骨肉已经没有天良，

把生身父母当作仇人。

爱德加	苦汤姆好冷。
格洛斯特	跟我进去吧：我的责任不容我

完全听您女儿残酷的指挥。

她们命令我关紧门户，

任凭这凶暴的夜晚辖制您，

但我还是冒了险出来找您，

要带您到有炉火和食物的地方。

李尔	先让我跟这位智者谈一谈。——

1　三件制服、六件衬衫是仆人每年的份例。
2　斯木金（Smulkin）：是魔鬼名，常化形为老鼠。
3　黑暗王子：即魔鬼。
4　魔多（Modo）和麻虎（Mahu）均为魔鬼名。

（对爱德加）为什么会打雷？

肯特 好陛下，请接受他的好意：进那屋里去。

李尔 我要跟这位有学问的底比斯人[1]说句话。——

（对爱德加）您是研究什么的？

爱德加 如何预防邪魔，杀灭虫害。

李尔 容我私下问您一句话。（两人一旁交谈）

肯特 （对格洛斯特）大人，请再恳求他走吧。

他的神志开始错乱了。

格洛斯特 你能怪他吗？

暴风雨依旧

他的女儿要他死。啊，那位好肯特！

他早说过会这样的，可怜他被放逐了！

你说王上快要发疯：我告诉你，朋友，

我自己也几乎发疯了。我有个儿子，

现在已经断绝了关系：最近，就在最近，

他想要我的命。我原是爱他的，朋友：

胜过任何父对子的爱。老实告诉你，

我难过得头脑不清了。什么夜晚嘛，这！——

（对李尔）求求您陛下——

李尔 啊，对不起，大人。——

（对爱德加）尊贵的智者，请您来陪我。

爱德加 汤姆好冷。

格洛斯特 （对爱德加）进去吧，小子，到那边茅屋里去：好取暖。

李尔 来，大家都进去吧。

肯特 这边走，陛下。

---

1 底比斯人（Theban）：亦即希腊智者。

李尔	带他去；
	我要跟我的智者在一块儿。

李尔　　带他去；
　　　　我要跟我的智者在一块儿。

肯特　　（对格洛斯特）好大人，就顺着他，让他带这家伙去。

格洛斯特（对肯特）您就带他走吧。

肯特　　（对爱德加）小子，走吧，跟我们去。

李尔　　来吧，好雅典人[1]。

格洛斯特别说话，别说话：嘘。

爱德加　准骑士罗兰[2]来到幽暗高塔，

　　　　　"费、埗、凡[3]，"他还是那句老话，

　　　　　"我闻到一个不列颠人的血啦。"
　　　　　　　　　　　　　　　　　　　　　　　众人下

第五场　/　第九景

格洛斯特伯爵宅邸

康沃尔与爱德蒙上

康沃尔　离开他家之前我定要重重罚他。

爱德蒙　殿下，这样大义灭亲，别人会怎么责备，我有点担心。

康沃尔　我现在明白了，不能全怪你哥哥心狠手辣，要取他的命，是
　　　　　他自己有该受惩罚的邪恶，咎由自取。

爱德蒙　我的命运何其乖舛——为了正义必须抱憾！（展示一信）这是

1　亦即（来自雅典的）希腊智者。

2　准骑士罗兰（Child Roland）：传说中的法国英雄。Child 为寻求正式骑士身份之青年的称号。

3　费、埗、凡（fie, foh, fum）：童话故事中被杀巨人的喊叫声。

他提到的那封信，可以证明他是法兰西的奸细。噢，天哪！但愿没有这桩叛国行为，有的话也不要由我来举发！

康沃尔　跟我去找夫人。

爱德蒙　这封信的内容如果是真的，您可就有大事要办了。

康沃尔　不管是真是假，这已经使你成为格洛斯特伯爵了。[1] 去找到你父亲，咱们好逮捕他。

爱德蒙　（旁白）假如我发现他在帮助王上，就更坐实了他的嫌疑。——我要效忠到底，虽然忠孝难两全。

康沃尔　我会信赖你，你也必因我的恩宠明白我是你慈爱的父亲。

同下

第六场　　/　　第十景

地点未指明；应为格洛斯特伯爵庄园内一屋舍

肯特与格洛斯特上

格洛斯特　这里总比外头好，谢天谢地。我去看看还能张罗些什么，弄舒服一点。不会太久的。　　　　　　　　　　　　　　　　下

肯特　他的脑筋因为生气完全报销了。愿神明报答您的好心！

李尔、爱德加与傻子上，爱德加乔装为苦汤姆

爱德加　弗拉特累多在叫我，告诉我尼禄是冥湖里的钓客。[2] 祷告吧，

1　亦即要削除老格洛斯特的爵位，由爱德蒙取代。

2　弗拉特累多（Frateretto）是魔鬼名。尼禄（Nero）是公元 1 世纪的罗马帝国皇帝，著名的暴君。

小天真，要提防邪魔。

傻子	请你告诉我，大叔，疯子是个绅士还是自耕农[1]？
李尔	是国王，是国王！
傻子	不对，是有儿子当绅士的自耕农；自耕农发疯，因为看他儿子比他先当上了绅士。
李尔	给我一千个魔鬼，手持通红的火热叉子
	嘶嘶作响冲向她们[2]——
爱德加	保佑你五智不亏！
肯特	天可怜见！陛下，您常夸口
	要保守的耐性，如今哪儿去啦？
爱德加	（旁白）我忍不住要为他流下眼泪，
	坏了我的伪装。
李尔	就连这些个小狗，
	盘盘、白兰、甜心，瞧，它们对着我吠呢。
爱德加	汤姆要一头冲过去[3]了。滚，你们这些狗崽子！
	哪管嘴巴黑或白，
	狂犬病毒牙里带，
	獒犬，灰狗，凶杂种，
	猎犬，长毛，母或公，
	无论尾巴长或短，
	汤姆定要它好看：
	我这脑袋摇一摇，
	吓得群狗夺门逃。

1　绅士（gentleman）地位比自耕农（yeoman）高一等。
2　"她们"指贡妮芮和丽根。
3　一头冲过去：原文 throw his head at them 意思不详，或系作势恐吓。

兜得，得，得。停！来，迈开大步，去小市集、大市集、城市集。苦汤姆，你的牛角筒已经空了。[1]

李尔　　然后让他们解剖丽根：看她心肝长了什么东西。老天怎么会造出这种硬心肝？——

（对爱德加）你，先生，我收留你当作百名骑士之一，只是我不喜欢你衣服的样式。你会说这是波斯款[2]，但还是换了吧。

格洛斯特上，站在远处

肯特　　好了，陛下，在这儿躺着休息一下。

李尔　　别吵，别吵。把帷幔拉上。[3]

好了，好了，咱们明早去吃晚饭。（入睡）

傻子　　那我就中午去睡觉。

格洛斯特　（对肯特）过来，朋友。我的主人王上呢？

肯特　　在这里，大人，不过别打搅他。他神志不清了。

格洛斯特　好朋友，请你把他抱起来。

我暗里听说有阴谋要害他的命。

已经备妥了一辆卧车；把他抱进去，

投奔多佛尔，朋友，你到那里

有人迎接、保护。把你主人抱起来：

要是再耽搁个半小时，不只是他，

就连你还有其他要保卫他的，

都必丧命无疑。抱起来，抱起来，

（两人抬起李尔）跟我走，我马上带你去拿一些

必需的用品。来，来，走吧。　　　　　　　众人下

1　牛角筒（horn）是乞丐挂在脖子上的饮具。这句话可能指他已经黔驴技穷了。

2　波斯款（Persian）：意为华丽。

3　李尔以为自己在王宫。

第七场 / 第十一景

格洛斯特伯爵宅邸

康沃尔、丽根、贡妮芮、私生子爱德蒙及众仆人上

康沃尔　（对贡妮芮）快回你夫君那里；给他看这封信。法兰西军队已经登陆了。（递过一信）——把叛徒格洛斯特抓过来。

若干仆人下

丽根　马上把他吊死。

贡妮芮　把他眼睛挖出来。

康沃尔　看我怎么处置他。爱德蒙，你去陪我们的姐姐[1]：对你那叛逆的父亲我们必然要做的惩罚，你最好别看。你们去了，要劝公爵火速备战；我们也一定会。我们之间必须快马加鞭频传消息。再会，亲爱的姐姐；再会，格洛斯特伯爵[2]。

奥斯华德上

　　怎么样？王上人在哪里？

奥斯华德　格洛斯特伯爵[3]已经把他送走了：

他的骑士约摸三十五六个，

急忙追过去，跟他在大门口会合，

这些人，加上伯爵的一些家丁，

已经和他前往多佛尔，扬言他们

有武器精良的朋友在那里。

康沃尔　替你家夫人备马。

1　指康沃尔的妻姐贡妮芮。

2　爱德蒙的新封号。

3　爱德蒙的父亲。

贡妮芮	再会，亲爱的殿下，还有妹妹。

贡妮芮、爱德蒙与奥斯华德下

康沃尔	爱德蒙，再会。——
	去找那叛徒格洛斯特，
	就当是贼把他绑了，带到我们面前来。　　其他仆人下
	虽然要判他的死刑还得
	经过正式审判，但我们有权力
	发泄怒气；别人
	可以指责，却也无可奈何。

格洛斯特及众仆人上

那个人是谁呀？叛贼吗？

丽根	忘恩负义的狐狸！就是他。
康沃尔	把他干瘪的手臂绑紧。
格洛斯特	两位殿下这是干什么？
	我的好朋友，别忘了你们是我的客人：
	别对我乱来，朋友。
康沃尔	绑起来，我说。（仆人捆绑格洛斯特）
丽根	绑紧，绑紧。噢，臭叛贼！
格洛斯特	您虽是残忍的贵夫人，我却不是叛贼。
康沃尔	把他绑到这张椅子上。——混账，要你好看——（丽根扯他的胡子）
格洛斯特	慈悲的神明啊，这太下流了，
	竟扯我的胡子。
丽根	这么白[1]，居然做这种叛贼？
格洛斯特	邪恶的夫人，

1　白胡子代表高龄、尊贵。

你[1] 从我下巴揪走的这些胡子

会活过来控诉你。我是你们的主人，

不该用强盗的手在我殷勤待客的

脸上这般动粗。你们想怎样？

康沃尔　　大爷，说，最近您[2] 收到法国来的什么信哪？

丽根　　　回答要干脆，因为我们知道真相。

康沃尔　　还有最近登陆我国的奸贼，

您跟他们有什么勾结？

丽根　　　您把疯癫的国王交给了谁？说。

格洛斯特　我收到一封信，内容全是揣测，

寄信人的立场中立，

不是敌人。

康沃尔　　狡猾。

丽根　　　还撒谎。

康沃尔　　你把国王送去哪里了？

格洛斯特　去多佛尔。

丽根　　　为什么去多佛尔？不是已经严令过你——

康沃尔　　为什么去多佛尔？让他回答。

格洛斯特　我被绑在桩子上，必须忍受狗咬。[3]

丽根　　　为什么去多佛尔？

格洛斯特　因为我不忍见你残酷的指甲

挖出他可怜的老眼，或是你凶恶姐姐

1　格洛斯特在此改用"你"（thou）称呼丽根，以示鄙夷。——译者附注

2　康沃尔和丽根用"您"（you）称呼格洛斯特，是嘲讽他。——译者附注

3　把熊绑在桩子上跟狗斗，是莎士比亚时代的一种游戏。

的野猪獠牙戳进他受膏的圣体[1]。

就连大海，见他光着头

在漆黑夜里遭遇这般暴风雨，

都要翻腾起来浇灭星光：

而可怜老人心，他还帮着老天下雨呢[2]。

在那严酷的时刻，若是豺狼到你家门口

哀嚎，你也该说："好门房，开门吧。"

别人再残忍都会发慈悲的：不过

我会亲眼见到这种子女受到天谴。

康沃尔　你绝对见不到。来人哪，按住椅子。——

你这对眼睛我要用脚来踩。

格洛斯特　你们谁想要平安活到老，

快来救我！（康沃尔剜出他一只眼睛）惨无人道！天哪！

丽根　这边会嘲笑那边：还有另一只。

康沃尔　假如你看见报应——

仆人　住手，大人：

我从小就伺候您，

但我对您最好的效劳，就是

在此刻请您住手。

丽根　怎么，你这狗崽子？

仆人　（对丽根）假如您的下巴有胡子，我就会

向您挑战。——你们想干吗？

康沃尔　我的奴才？（两人拔剑相斗）

仆人　哼，不怕死就过来，跟怒火对抗。

1　受膏的圣体：国王加冕时得圣油涂抹成圣。

2　指李尔流泪。

丽根	（对一仆人）把剑给我。农奴竟敢犯上！

刺杀仆人

仆人	噢，我完了！大人，您还有一只眼 能看见他也受了点伤。噢！（死）
康沃尔	才不让它再看见什么。 出来，脏肉冻！（挖出格洛斯特另一只眼） 现在你的光泽哪里去了？
格洛斯特	漆黑一片、惨痛。我儿爱德蒙在哪里？ 爱德蒙，点燃所有的亲情火花， 报复这恐怖的行为。
丽根	去你的，奸贼！ 你呼唤的人痛恨你：是他 向我们揭露你的通敌行为。 他太善良，不会同情你的。
格洛斯特	啊，我真傻！这么说爱德加是被陷害的了。 仁慈的神明，饶恕我的过错，保佑他！
丽根	把他推出门外，让他一路嗅着 到多佛尔。　　　　　　　　一仆人引格洛斯特下 怎么了，夫君？您还好吗？
康沃尔	我挨了一剑。跟我来，夫人。—— 把那瞎眼的混蛋撵出去，把这奴才 扔到粪堆里。——丽根，我血流不止。 这伤来得不是时候。你扶我一把。　　　　众人下

第四幕

距格洛斯特伯爵宅邸不远的荒野某处
爱德加上，乔装为苦汤姆

爱德加　　还是这样子好，明知受到蔑视，
　　　　　胜过受蔑视却总被人假意吹捧。
　　　　　最糟、最贱、最受命运冷落的，
　　　　　总还有希望，活着没有恐惧：
　　　　　可悲的变化是由最好转坏；
　　　　　否极却可以转泰。因此，欢迎你，
　　　　　我所拥抱的这虚无的空气！
　　　　　被你吹进最坏景况的可怜人
　　　　　什么也不欠你。

格洛斯特与一老人上

　　　　　咦，来人是谁？我父亲，可怜地跟在人后？
　　　　　世道，世道，噢，世道啊！
　　　　　若非你反复无常使我们恨你，
　　　　　生命是不会向岁月臣服的[1]。

老人　　　噢，好主人，我当您和您父亲的佃农都八十年了。

格洛斯特　去吧，你去吧！好朋友，走开吧：
　　　　　你的帮助对我没有一点好处，

1　向岁月臣服：指接受老死。

却可能害了你。

老人　　　您看不见路啊。

格洛斯特　我走投无路，因此也不需要眼睛；
　　　　　我是在能看见的时候跌倒的。
　　　　　富裕常令人沾沾自喜，一无所有
　　　　　反倒为好。噢，亲爱的爱德加我儿——
　　　　　你父亲受骗发怒的牺牲品！
　　　　　我若是能活着摸到你，
　　　　　就算是又长了眼睛！

老人　　　怎么？是谁？

爱德加　　（旁白）噢，天哪！有谁能说，"我现在糟到底了"？
　　　　　如今我比先前更糟了。

老人　　　是可怜的疯汤姆。

爱德加　　（旁白）而且还可能更糟：只要还能说
　　　　　"糟到底了"，就还不算最糟。

老人　　　小子，上哪儿去？

格洛斯特　是个男乞丐吗？

老人　　　是个疯乞丐。

格洛斯特　他还有些理智，不然怎么要饭。
　　　　　昨夜暴风雨中我见过这样的家伙，
　　　　　使我觉得人就是虫：那时
　　　　　我心里想到我儿子，但那时
　　　　　我根本厌恨着他。现在我比较明白了。
　　　　　众神待我们犹如顽童待苍蝇：
　　　　　以杀我们为乐。

爱德加　　（旁白）怎么会这样？
　　　　　面对悲伤演傻子，是件苦差，

	惹自己也惹别人生气。——你好，老爷！
格洛斯特	是那光身子的家伙吗？
老人	是的，主人。
格洛斯特	那么你走吧。如果为了我
	你愿意往多佛尔多走个一两哩路，
	追上我们，那就看在老交情分上，
	带点遮盖给这个裸露的人，
	我要请他为我带路。
老人	天哪，大人，他是个疯子。
格洛斯特	这是时代的痛苦：疯子领着瞎子走。
	照我说的去做，不然随便你。
	总之，走就是了。
老人	我会带我最好的衣服来给他，
	不管后果如何。 下
格洛斯特	小子，赤裸的——
爱德加	苦汤姆好冷。——（旁白）我装不下去了。
格洛斯特	过来，小子。
爱德加	（旁白）但还是得装下去。——保佑你可爱的眼睛，还淌着血呢。
格洛斯特	你认得去多佛尔的路吗？
爱德加	无论梯蹬或栏栅，小步道还是大马路，统统都认得。[1]苦汤姆脑筋被人吓坏了。善心人的儿子，愿你不受邪魔搅扰！
格洛斯特	喏，这钱包拿去，（递过一钱包）你受尽老天的折磨。如今因我遭难，

1　梯蹬和栏栅都是路障。踩过梯蹬进入小步道，穿过栏栅进入大马路。参见 1997 R.A. Foakes, ed. Arden 版及 1997 Jay L. Halio, ed. Cambridge 版注释。——译者附注

你时来运转。老天，愿你永远如此安排。

让那穷奢极欲的人，

不守你诫命、因麻木不仁变得

视而不见的人，快快感受你的威力，

好消除分配上的贫富不均，

使人人都得饱足。多佛尔你熟悉吗？

爱德加　熟悉，老爷。

格洛斯特　那里有座峭壁，高耸而突出的崖顶

虎视眈眈俯瞰着深深的海峡。

只要带我到那悬崖边缘，

我会用身边的贵重东西

补偿你所忍受的辛苦。到了那里

我就不需要带领了。

爱德加　手臂伸过来：

苦汤姆会带领你。　　　　　　　　　　　　　　同下

第二场　　/　　第十三景

贡妮芮与奥尔巴尼公爵府邸外

贡妮芮、私生子爱德蒙与管家奥斯华德上

贡妮芮　欢迎，大人。奇怪我那温柔的丈夫

竟没来路上迎接。——喂，你的主人呢？

奥斯华德　夫人，在里面，可是完全变了样。

　　　　　我告诉他军队已经登陆，

　　　　　他听了笑笑。我告诉他您要回来了，

　　　　　他答说"更糟糕"。我向他报告

　　　　　格洛斯特的背叛跟他儿子的效忠，

　　　　　这时他喊我"傻瓜"，

　　　　　还说我颠倒是非。

　　　　　最该厌恶的事他似乎喜爱；

　　　　　最该喜爱的，却厌恶。

贡妮芮　　（对爱德蒙）那您就别往前走了。

　　　　　是他生性胆小怯懦，

　　　　　不敢有所作为：如果需要他报复，

　　　　　他宁可逆来顺受。咱们路上提到的愿望

　　　　　也许真能实现。爱德蒙，回我妹夫那里：

　　　　　催他调集兵马，统帅军队。

　　　　　我得交换家中名分，把纺纱杆

　　　　　塞给我丈夫。这个可靠的仆人

　　　　　会替咱们传递消息：不久您可能——

　　　　　如果您为了自身利益敢于冒险——

　　　　　收到夫人[1]的旨令。戴上这个；（递过一信物）别说话。

　　　　　低下头来：（亲吻他）这一吻，如果竟敢说话，

　　　　　管教你[2]精神[3]抖擞气冲斗牛。

　　　　　明白[4]了吧？一路顺风。

1　夫人：原文 mistress 语义双关，可以指女主人，也可以指情妇。

2　你：贡妮芮从客气的"您"（you）改用亲密的"你（的）"（thy）称呼爱德蒙。

3　精神：暗指阳具。

4　原文为 conceive，亦有"生育"之意。参见第一幕第一场肯特和格洛斯特的第三段对话。——
　　译者附注

| 爱德蒙 | 我誓死回报。 | 下 |

贡妮芮　　我最亲爱的格洛斯特！

　　　　　啊，人跟人竟会这么不同！

　　　　　你才配得女人的伺候，

　　　　　我的笨蛋却占了我的身体。

| 奥斯华德 | 夫人，殿下来了。 | 下 |

奥尔巴尼上

贡妮芮　　我已经不值得一顾了吗？[1]

奥尔巴尼　噢，贡妮芮，

　　　　　你还比不得那狂风吹到

　　　　　你脸上的灰尘。

贡妮芮　　窝囊废，

　　　　　一副欠打的嘴脸，受欺负的脑袋，

　　　　　额上没有一只眼睛可以分辨

　　　　　荣誉和屈辱。

奥尔巴尼　瞧瞧你自己，魔鬼！

　　　　　丑陋败坏在邪魔是自然的，

　　　　　在女人就太恐怖了。

贡妮芮　　噢，没用的笨蛋！

一信差上

信差　　　啊，殿下，康沃尔公爵死了，

　　　　　被仆人杀的，在他要弄瞎

　　　　　格洛斯特另一只眼睛的时候。

奥尔巴尼　格洛斯特的眼睛？

信差　　　是他养的一个仆人，基于同情，

1　指奥尔巴尼没有出迎。

起而反对这种行为，拔剑

对着他主人，主人见了大怒，

飞扑过去，两人交手就杀死了他，

但主人也挨了一剑，受了伤，后来

就跟着死了。

奥尔巴尼 可见举头有神明，

苍天有眼，我们地上所犯的罪

立刻遭到报应。但，可怜的格洛斯特！

他另一只眼也失去了？

信差 两只，两只，殿下。——

这封信，夫人，要求迅速回复。（递过一信）

是您妹妹写的。

贡妮芮 （旁白）我听了一方面高兴，

但她成了寡妇，我的格洛斯特在她身边，

可能会完全打翻我的如意算盘，

使我怨恨一生；另一方面，

这消息也不算坏。——我看了信，再答复。 下

奥尔巴尼 他们挖他眼睛的时候，他儿子在哪儿？

信差 他随夫人来这里。

奥尔巴尼 他不在这里呀。

信差 没错，殿下，我见他往回走了。

奥尔巴尼 他可知道这桩恶行？

信差 知道，殿下：是他告的密；

他离家，为的就是让他们能够

放手去惩罚。

奥尔巴尼 格洛斯特，我这辈子

要感谢你对王上如此有情义，

也要替你的眼睛报仇。——来这边，朋友：

你还知道些什么，都告诉我。　　　　　　　　同下

第三场　　/　　第十四景

多佛尔附近的法军扎营处

旗鼓前导，蔻迪莉亚、侍臣及众兵士上

蔻迪莉亚　唉，正是他。嘻，刚才还有人看见他，

疯得像怒海狂涛，高声歌唱，

头戴着紫堇和田埂的野草、

牛蒡、毒芹、荨麻、酢浆草、

毒麦、杂在五谷作物里各种

没用的乱草。派一队人马 [1]，去

搜索每一畎植物高长的田地，

务必带他来跟我见面。——　　　　　　　一兵士下

　　　　　　　　　　人有什么智慧

能恢复他丧失的神志？

谁能救他，就可以得到我一切身外之物。

侍臣　　方法是有的，王后：

我们身心的保姆乃是安息，

1　原文 a sentry（一名哨兵），疑为 a century（百人）之误。今参酌其他版本，译为"一队人马"，以符合剧情。——译者附注

这是他欠缺的；想使他得安息，
有许多灵验的药草，它们的药效
可以合上痛苦的眼睛。

蔻迪莉亚 一切蒙福的秘方，
地上一切还未公开的灵药，
快随我的泪水迸现吧！请协助治疗
这好人的忧伤！去找，去找他，
免得他失控的疯狂毁灭了他
失去指引的生命。

一信差上

信差 有消息，禀王后：
不列颠的大军正向这里挺进。

蔻迪莉亚 已经知道了。我们的武装部队
正严阵以待呢。噢，亲爱的父亲，
我是以你的事为念，
因此法兰西大王
怜悯我悲痛恳求的眼泪。
我们的军队毫无狼子野心，单单要
为爱，珍贵的爱，为老父讨回公道。
但愿早早听到他，见到他！　　　　　众人下

第四场 / 第十五景

格洛斯特伯爵宅邸

丽根与管家奥斯华德上

丽根 可是我姐夫的部队出发了吗？

奥斯华德 出发了，夫人。

丽根 是他亲自出马？

奥斯华德 夫人，可费了一番周折：
令姐更像个军人。

丽根 爱德蒙大人没有跟你家老爷说话？

奥斯华德 没有，夫人。

丽根 我姐姐写信给他是什么意思？

奥斯华德 我不知道，夫人。

丽根 的确，他有要紧的事，匆匆离开了。
真是大大失策，格洛斯特没了眼睛，
还留他活口：他所到之处，会感动
人心，反对我们。爱德蒙出门，我想，
是因为同情他的不幸，要结束
他暗无天日的性命，顺便也查访
敌方的兵力。

奥斯华德 我得追上他才行，夫人，把信送到。

丽根 我们的部队明天出发。你留下来：
路上危险。

奥斯华德 不行，夫人：
我家夫人责令我办好这件事。

丽根	她干吗要写信给爱德蒙？你不能
	替她传口信吗？也许，
	是些我不知情的。我会对你[1]另眼看待，
	让我拆开这封信吧。
奥斯华德	夫人，我还是——
丽根	我知道您家夫人不爱自己丈夫，
	这我敢担保。上次她在这里，
	还向高贵的爱德蒙抛媚眼，
	明目张胆。我知道您是她的心腹。
奥斯华德	我，夫人？
丽根	我说话有把握。您是，我知道。
	所以我要劝您，注意这一点：
	我丈夫死了，爱德蒙跟我商量过，
	他跟我成亲比跟您家夫人来得
	合适：其余您不妨推想。
	您真找到人的话，请把这个交给他。（递过一信物或信）
	等您家夫人听了您转述的这番话，
	请好好劝她能以理性看待。
	好，再见。
	假如您凑巧知道那瞎眼叛贼的下落，
	取他性命的人就会升官发财。
奥斯华德	但愿我能遇见他，夫人，我会表明
	我是哪一边的。

1　原注指出，丽根在此改用表达亲密的称谓语 thee（相对于她惯于称呼奥斯华德的礼貌用法 you），向他示好。中文翻译不易区分。——译者附注

丽根　　　　你 [1] 好走哦。　　　　　　　　　　　　　同下

第五场　/　第十六景

多佛尔附近的荒野某处

格洛斯特与爱德加上，爱德加打扮成农夫

格洛斯特　什么时候才能登上那座山顶？

爱德加　　您正在往上爬呢：瞧我们多累呀。

格洛斯特　我觉得路是平的。

爱德加　　陡得可怕。

　　　　　　听，您听见大海了吗？

格洛斯特　没有，真的。

爱德加　　哦，那，您的其他感官因为眼睛疼痛

　　　　　　而变得不灵光了。

格洛斯特　这倒是真有可能。

　　　　　　我觉得你的口音变了，讲起话来

　　　　　　措辞条理也比先前好。

爱德加　　您大错特错了：我什么也没变，

　　　　　　除了这身衣服。

格洛斯特　我觉得您 [2] 说话高雅多了。

1　丽根再度使用表达亲昵的"你"（thee）。

2　自此格洛斯特数次以"您"（you）称呼爱德加。——译者附注

爱德加	过来，大人，这里就是了：站稳啰。
	朝那底下看，多可怕，叫人头晕！
	乌鸦跟红嘴鸦在底下半空中飞，
	好像还不如甲虫大。半山腰上
	悬着一个采海茴香的人，可怕的营生！
	我看他只有他的头那么大。
	走在岸上的渔夫看起来好像
	老鼠，停泊在那边的大船
	小得像小艇，小艇像浮标，
	几乎小得看不见。呜咽的海浪，
	冲击着无数小小的卵石，
	在这高处听不见。我不能再看了，
	免得头晕眼花，会一头
	栽下去。
格洛斯特	带我到您站的地方。
爱德加	手伸过来。您现在距离最边缘
	只差一呎了：把天下都给我，
	我也不要在这里蹦跳。
格洛斯特	放开我的手。
	朋友，这里还有个钱包，（递过一钱包）里面的一颗宝石
	很值得穷人收下。但愿神仙
	保庇你靠它发财！你走远一点：
	跟我道别，让我听见你走开。
爱德加	那就告别了，好大人。
格洛斯特	由衷的祝福。
爱德加	（旁白）我如此这般拿他的绝望开玩笑，
	为的是治好它。

格洛斯特 （跪地）噢，万能的天神！

我决心弃绝这个世界，当你们的面

平静地摆脱我极大的痛苦。

即使我还能继续忍受，不

埋怨你们无可抗拒的意志，

我可恨的风烛残年也会

烧尽。爱德加要是还活着，啊，请保佑他！——

好了，朋友，别了。（他仆倒）

爱德加 走了，大人：再会。——

（旁白）但不知道幻觉会不会夺走

宝贵的生命，假如生命自愿被夺走。

如果他已经到达他想象中的地方，

这时他应该没有思想了。活着还是死了？——

喂，先生！朋友！听得见吗，先生？说话呀！——

他可能真的这样死了。又活过来了。——

您是什么人，先生？

格洛斯特 走开，让我死。

爱德加 你不是游丝、羽毛、空气——

从几十丈高处倒栽下来——

早该像鸡蛋般粉碎了。但你还能呼吸，

身子还结实，没流血，能说话，完好无伤。

十根桅杆头尾连接也达不到

你垂直落下的高度：

你这条命是个奇迹。再说说话吧。

格洛斯特 我到底有没有摔下来？

爱德加 是从这分隔海陆的石灰悬崖顶上摔下的。

你看那高处：尖声的云雀既看不见

也听不到。你抬头就知道了。

格洛斯特 唉，我没有眼睛。

难道苦命的人想要一死百了

都不行吗？悲惨的人要是能够

骗过暴君的横逆，挫挫他的骄气，

原是差堪告慰的。[1]

爱德加 我来扶您的手臂。（扶他起来）

起来，好了。怎么样？两腿有感觉吗？您站稳啰。

格洛斯特 太稳了，太稳了。

爱德加 这太不可思议了。

在那崖顶上，跟您分手的那个，

是啥东西？

格洛斯特 一个可怜的穷乞丐。

爱德加 我站在这底下，见他的眼睛

像是两轮满月；他有一千个鼻子，

弯弯的角，像怒海一般起伏。

那是个魔鬼。所以，幸运的老伯，

要知道，是正直无瑕的神明搭救了你：

在人不可能的，他们能做到，益增荣耀。

格洛斯特 我现在想起来了。今后我要忍受

痛苦，直到它自己喊

"够了，够了"才死。您说的那东西，

我原来以为是个人：它常说

"邪魔，邪魔"。是他带我到那地方。

爱德加 要想开些，忍耐着点。

---

1 意指以自杀躲避暴政。——译者附注

李尔上，披挂野草

　　　　　　　　　　　　咦，是谁来了？

　　　　　　正常的神志绝不会容许

　　　　　　自己主人这副打扮。

李尔　　　不，他们不能怪我哭：我就是国王。

爱德加　　噢，锥心刺骨的景象！

李尔　　　自然在那方面赛过人工。这是你当兵的军饷。那家伙弯弓的姿态像个稻草人。给我拉满弓。瞧，瞧，一只老鼠！安静，安静，用这片烤过的奶酪就行了。那是我的铁手套：我要向巨人挑战。[1] 把棕色长戟带上来。噢，鸟儿，真会飞[2]！正中靶心，正中靶心：咻！报上口令。

爱德加　　甜墨角兰[3]。

李尔　　　放行。

格洛斯特　我认得那声音。

李尔　　　啊？贡妮芮长白胡子？他们以前像狗一样奉承我，说我还没长黑胡子就先有白胡子[4]。只要我说"是"就跟着说"是"，说"不"就跟着说"不"，这不合乎神意。那一回，雨淋湿了我，风吹得我牙齿打颤，雷不听我吩咐响个不停，我就看穿了他们，嗅出他们了。去他的，他们的话不算数：他们告诉我，说我就是一切，那是撒谎，我也会发烧打摆子。

格洛斯特　那声音我记得很清楚。

　　　　　　不就是王上吗？

1　扔下手套表示挑战。
2　本是放鹰的用语，在此指射出的箭。
3　爱德加自创了一个口令，跟李尔头上戴的野草相关，而据说墨角兰这植物也有治疗脑疾之效。
4　意思是：小时候就很有智慧。

李尔　对，如假包换的国王。

我一瞪眼，瞧那百姓都发抖。

我饶了那个人的命。你犯了什么罪？

通奸？

不会要你死的。为通奸而死？才不。

鹪鹩也这么干，小小的金苍蝇

就在我眼前行淫。让通奸兴旺吧，

因为格洛斯特私生的儿子善待他父亲，

强过我在合法被褥之间生的女儿。

淫荡啊，尽管乱搞吧，我正缺少兵员呢。

瞧那个似笑非笑的女人，

她的脸显示两腿之间冷若冰霜，

道貌岸然，一听到寻欢作乐

就猛摇头：

臭鼬[1] 和脏马[2] 干起那事

还不如她纵情放荡。腰部以下

她们是淫马[3]，尽管上半身是女人。

神明只管到腰带为止，

以下全属魔鬼；

在那里有地狱，有黑暗，有硫黄坑，燃烧、灼热、恶臭、糜
烂[4]。咄，咄，咄！呸，呸！给我一盎司麝香，好药剂师，好
净化我的想象。这钱给你。

1　臭鼬：原文 fitchew 亦是妓女的俗称。

2　脏马：原文 soiled horse 指以青饲料喂养的马，因此马性烈。

3　淫马：原文 centaur 是神话中的怪物，上半身是人，下半身是马，素有淫荡之名。

4　这些是梅毒的痛苦症状。

格洛斯特	噢，容我亲吻那只手！
李尔	让我先擦干净：上面有人的味道。
格洛斯特	啊，毁坏的自然杰作！这伟大的世界 也会同样耗损殆尽。你认得我吗？
李尔	你的眼睛我记得很清楚。你在向我抛媚眼吗？免了吧，你爱 怎么做都行，瞎眼的丘比特[1]：我是不会爱的。你看这挑战书， 只要看那笔迹。
格洛斯特	就算你一笔一画都是太阳，我也看不见。
爱德加	（旁白）若是别人转告，我不会相信。是真的， 直叫我心碎。
李尔	念哪。
格洛斯特	什么，用眼眶子吗？
李尔	噢，呵，您懂我的意思吗？您头上没有眼，袋里没有钱？您 的眼眶深，您的口袋轻，可是您还看得见这世间百态。
格洛斯特	我是凭着感觉。[2]
李尔	什么，你发疯啦？人没有眼睛是看得见世间百态的。用你的 耳朵看哪：看那法官痛骂那可怜的小偷。听好，耳朵凑过来： 换个位置，猜猜看，哪个是法官，哪个是小偷？你见过农夫 养的狗对着乞丐汪汪叫吧？
格洛斯特	见过，大人。
李尔	那家伙要躲那狗，跑了吧？从这里你就看出权威的伟大形象： 狗若当道，就得服从它。 你这恶差役，停下你的毒手！

1　丘比特是罗马神话里的爱神，通常描绘成瞎眼或蒙眼。
2　原文 I see it feelingly；feelingly 也可解为"感触良多"（with great emotion）。这个词在剧中
　　有深意，请见《导言》。

你凭什么鞭打那妓女？袒露你自己的背吧：
你火热地想要跟她干那勾当，
却为此而鞭打她。放高利的绞死诈骗的。
衣衫褴褛露出大罪恶；
锦衣皮裘隐藏一切。罪恶披上金，
司法的坚矛不折而自断；
披上破衣，侏儒的草杆也刺得透。
谁都没有犯罪，没有，我说，没有：我来批准。
相信我，朋友，我有权柄能
堵住控告者的嘴。你去配一副眼镜，
学那低级的阴谋家，看不见却
假装看得见。来，来，来，来。
脱掉我的靴子。用力点，用力点。好了。

爱德加　（旁白）啊，有理掺着无理！疯癫带着理性！

李尔　你若要为我的命运流泪，就拿去我的眼睛。
我可认识你呢：你名叫格洛斯特。
你必须忍耐；我们是哭着来到这世界。
你知道我们第一次闻到空气
就嚎啕大哭。我来给你讲道：听好。

格洛斯特　唉，天哪！

李尔　我们出生时会哭，因为我们来到
这傻瓜的大舞台。这是一顶好帽子。[1]
用毛毡包裹一群马的蹄子
倒是条妙计：我要试验看看。
等我偷偷到了这些女婿那里，

1　或许此时李尔摘下头上的草冠。由"帽子"亦引出下文"毛毡"，因其为制帽的料子。

就杀，杀，杀，杀，杀，杀！

一侍臣率众侍从上

侍臣　　啊，他在这里：捉住他。——陛下，

您最疼爱的女儿——

李尔　　没人来搭救？什么，当了囚犯？我真是

命运的天生傻子。对我好一些，

你们会拿到赎金的。给我找几个医生：

我伤到脑子里了。

侍臣　　您要什么都有。

李尔　　没有帮手？就我自己？

唉，这会叫人哭成泪人儿，

用他的眼睛当作园里的水壶，

我要死[1]得漂亮，像个体面的新郎。什么？

我要高高兴兴。来，来，我是个国王，

列位，你们可知道？

侍臣　　您是国王，我们听您的。

李尔　　那还有一线生机。来，要捉拿我，你们得追得到才行。

啥，啥，啥，啥[2]。　　　　　　　*奔跑下，众侍从跟随*

侍臣　　最卑贱的人落到这地步，都叫人同情，

何况是国王！你有个女儿

使人性免遭原罪的诅咒——

那原是两个人造成的[3]。

爱德加　　您好，高贵的大人。

1　死：原文 die 也有达到性高潮之意。

2　是狩猎时的喊声。原文 sa 源于法文 ça，意为"在这里"。

3　指亚当与夏娃犯罪，但也暗指贡妮芮与丽根。

侍臣	先生，祝福您。您有何指教？
爱德加	大人，您可曾听说快要打仗了？
侍臣	十分确定而且尽人皆知：只要 能分辨声音的，人人都听说了。
爱德加	可是，请教您， 对方军队离这里有多近？
侍臣	很近，而且来得快速：随时都 可以望见主力部队了。
爱德加	谢谢您，大人。就这些了。
侍臣	虽然王后有特别的事留在这里， 她的军队已经开拔了。
爱德加	谢谢您，大人。
格洛斯特	慈悲的神明啊，让我断了气吧： 莫让我的恶性再引诱我， 不等天意就寻死。
爱德加	您祷告得很好，老爹[1]。
格洛斯特	对了，好先生，您是什么人？
爱德加	是个最可怜的人，受尽命运打击， 学会逆来顺受；亲身体验过忧伤， 所以富有恻隐之心。把手伸过来： （挽他的手臂）我来领您找个住处。
格洛斯特	感激不尽： 更祈求 老天给您丰厚的赏赐，多而又多。

下

---

1 原文是 father，爱德加一语双关。

管家奥斯华德上

奥斯华德 是那悬赏要捕杀的人！太走运了！

你那没眼睛的脑袋生来就是要

助我发迹的。（拔剑）你这倒霉的老叛贼，

快快忏悔吧。剑已经出鞘，

非要你命不可。

格洛斯特 那就请你友善的手

使足力气吧。（爱德加介入）

奥斯华德 大胆的乡巴佬，竟敢

帮助一个通缉的逆贼？滚开，

免得他的霉运传染到

你身上。放开他的臂膀。

爱德加 爷，俺不会放，除非给俺更好的理由。[1]

奥斯华德 放手，奴才，不然你死定了！

爱德加 好大人，您走您的阳关道，放咱穷人一马。俺要是被人吓唬
就屁滚尿流，撑不过半个月就上西天啦。别动，别靠近老人
家；走远点，俺告诉您，不然就看看您的大头和俺的棍棒哪
个硬。俺不跟您啰唆。

奥斯华德 滚开，臭小子！

爱德加 爷，俺要打掉您牙齿：才不怕您的劈刺哩。（两人相斗）

奥斯华德 奴才，你杀了我。恶棍，把我钱包拿去：

你想要发达，就埋了我的尸体，

也把我身上的信交给

爱德蒙，格洛斯特伯爵。到英格兰军队

去找他。啊，死不逢时！死神！（他咽气）

1　爱德加再度更换口音，换个身份。

爱德加	我可认得你：一个唯命是从的狗腿， 你的女主人要干坏事，你都顺服， 恶劣极了。
格洛斯特	怎么，他死了吗？
爱德加	您坐下，老爹：歇歇脚。 我来看看这些口袋：他说的信 或许能帮助我。他死了。只可惜 不是刽子手行的刑。咱们瞧瞧。（拆信） 抱歉了，好封蜡；礼貌，别见怪： 想知道敌人的心意，可以撕裂他们的心； 撕他们的信更合法了。

（读信）

"记住我们彼此的誓约。您有很多机会除掉他：只要不缺乏
决心，时间和地点自然多得是。假如他凯旋归来，就白忙一
场了。那时我成了囚犯，他的床笫是我的牢狱。拯救我脱离
那可厌的温吞，取而代之，以酬谢您的努力[1]。爱慕您的仆人
——但愿是妻子，贡妮芮。"

噢，难测呀，女人的欲望！
想谋害她善良的夫君，
换成我弟弟！在这沙地里
我把你埋了，你这替杀人色魔
送信的龌龊信差。等时机一到，
我拿这封恶毒的信去折磨
那险遭暗算的公爵：我能报告
你的死讯和勾当，对他倒是好的。

---

1 酬谢您的努力：原文 for your labour 亦可解为"供您性行为之用"。

格洛斯特　王上发疯了；我可恶的知觉却还很顽强，
　　　　　使我竟能站着，感受巨大沉痛的
　　　　　哀伤。我宁可发疯，好使我的
　　　　　思想跟我的悲哀一刀两断，（远处鼓声）
　　　　　伤痛可以因为错觉而忘记
　　　　　自身。
爱德加　　把您的手伸过来。
　　　　　我好像听到远方的鼓声。
　　　　　来，老爹，我去找个朋友安顿您。　　　同下

第六场　/　第十七景

多佛尔附近的法军扎营处

蔻迪莉亚、肯特与侍臣上，肯特仍乔装改扮

蔻迪莉亚　噢，善良的肯特，我这辈子怎能
　　　　　报答你的恩情？我的一生太短，
　　　　　怎么做都不够。
肯特　　王后，承蒙谬奖已不敢当。
　　　　　我的报告全都是事实，
　　　　　既不夸张也没隐瞒，如实而已。
蔻迪莉亚　换件好衣裳吧：
　　　　　这一身破烂是那些苦日子的回忆，
　　　　　请你脱掉。
肯特　　对不起，尊贵的王后，

現在暴露身份会破坏我的计划。

我有个请求：在我认为未到适当

时机以前，您且不要指认我。

蔻迪莉亚　就听你的吧，好大人。——王上怎样了？

侍臣　　　王后，他还在睡。

蔻迪莉亚　仁慈的神明啊，

治好他受尽凌虐的身心！

噢，调整他错乱的神志吧，

这是个被孩子逼疯了的父亲！

侍臣　　　请王后准许

我们唤醒王上：他睡很久了。

蔻迪莉亚　就按您的理解，认为该怎么做

就怎么做。他换过衣裳了吗？

李尔坐椅内由众仆人抬上

侍臣　　　换过了，王后：趁他熟睡时

我们给他穿上干净衣服。

好王后，我们唤醒他的时候，

您要在旁边：我担心他失控。

蔻迪莉亚　噢，我亲爱的父亲！（亲吻他）健康之神哪，

请把你的药挂在我嘴唇，让这一吻

修复我两个姐姐对父王你玉体

造成的剧创！

肯特　　　善良慈爱的公主！

蔻迪莉亚　就算您不是她们的父亲，这头白雪

也该引发她们的怜悯。这张脸

岂能对抗怒吼的狂风？

我仇家的狗，即使咬过我，

那一夜我也会让它站在我的炉火边，
而你，可怜的父亲，竟宁可
跟猪、跟赤贫的流浪汉待在
破烂发霉的茅草棚里？天哪，天哪！
真是奇迹呀，你的性命和神志居然没有
同时完全结束。——他醒了：跟他说话吧。

侍臣　　王后，由您来说：这样最合适。

蔻迪莉亚　我的王上好吗？陛下可好？

李尔　　你们不该把我从坟里弄出来：
你是天堂的灵魂，但我被绑在
火轮上 [1]，连我自己的泪水
都滚烫得像熔化的铅。

蔻迪莉亚　陛下，您认得我吗？

李尔　　您是个灵魂，我知道：您在哪里死的？

蔻迪莉亚　不行，不行，还太糊涂！

侍臣　　他还没完全清醒：且让他静一静。

李尔　　我去了哪里？我在哪里？是大白天吗？
我受尽虐待。看到别人这样，我甚至
会同情而死。我不知道该说些什么。
我不敢发誓这是我的双手。我来看看：
我感觉到刺痛。要是能够确认我的
处境就好了！

蔻迪莉亚　（跪地？）噢，请看看我，陛下，
用您的手按在我头上祝福我：
（阻止他跪地？）您不可以下跪。

1　绑在火轮上：地狱里的一种刑罚。

李尔　　　　拜托，请不要嘲弄我：
　　　　　　我是个非常愚蠢昏昧的老人，
　　　　　　都八十好几了，不多也不少，
　　　　　　老实说，
　　　　　　恐怕我头脑不清楚了。
　　　　　　我想我该认得您，也认得这个人，
　　　　　　可是我没把握，因为实在不知道
　　　　　　这是什么地方，无论如何都
　　　　　　不记得这身衣裳，也不知道
　　　　　　昨晚在哪里过夜。别取笑我，因为，
　　　　　　说真的，我想这位夫人
　　　　　　是我的孩子蔻迪莉亚。

蔻迪莉亚　（泣）对，正是，正是。

李尔　　　　您的眼泪是湿的吗？是，没错。请不要哭：
　　　　　　要是您给我毒药，我会喝下去。
　　　　　　我知道您不爱我，因为您的姐姐，
　　　　　　我记得清楚，都亏待我：
　　　　　　您是有理由的，她们没有。

蔻迪莉亚　没有理由，没有理由。

李尔　　　　我是在法兰西吗？

肯特　　　　在您自己的国土，陛下。

李尔　　　　不要骗我。

侍臣　　　　请宽心，王后：他的疯癫，
　　　　　　您瞧，已经止住了。请他到里面去：
　　　　　　别再打扰他，等他更平静些。

蔻迪莉亚　请陛下移驾好吗？

李尔　　　　您必须容忍我。现在请您，忘记、宽恕：
　　　　　　我是既老又蠢了。

　　　　　　　　　　　　　　　　　　　　　众人下

第 五 幕

第一场　　/　　第十八景

多佛尔附近的英军扎营处

旗鼓前导，爱德蒙、丽根、众侍臣及兵士上

爱德蒙　　（对一侍臣）去问公爵他最后的想法有没有改变，

还是说后来有别的消息使他

中途变卦。他总是三心二意，

反反复复：把他确定的想法回报给我。　　　侍臣下

丽根　　大姐的差人一定出事了。

爱德蒙　　恐怕是的，夫人。

丽根　　嗯，亲爱的爵爷，

您明白我对您的一番好意。

您只要老实告诉我——要说实话——

您不爱我姐姐吗？

爱德蒙　　是光明正大的爱。

丽根　　难道您不曾循着我姐夫的路子，

闯入那块禁地？

爱德蒙　　没有，夫人，我以荣誉发誓。

丽根　　我绝不会容忍她：我亲爱的爵爷，

不要跟她亲热。

爱德蒙　　别担心。她跟她的公爵丈夫来啦！

鼓旗前导，奥尔巴尼、贡妮芮及众兵士上

奥尔巴尼　　亲爱的弟妹，相会正是时候。

　　　　　　伯爵，我听说，王上已经到他女儿那里，

　　　　　　还有其他被我们苛政逼得

　　　　　　揭竿而起的人。

丽根　　　干吗谈这个？

贡妮芮　　我们联合起来对付敌人，

　　　　　　至于国内和私人的扰扰攘攘，

　　　　　　不是现在的问题。

奥尔巴尼　那咱们就去找

　　　　　　作战经验丰富的军官商量策略吧。

丽根　　　姐姐，你要跟我们一起去吗？

贡妮芮　　不了。

丽根　　　最好还是去：请一起去吧。

贡妮芮　　（旁白）噢，呵，我明白你打的是什么算盘了。[1]——我去。

　　　　　　　　　　　　　　　　双方军兵下。奥尔巴尼留场

爱德加上，乔装改扮

爱德加　　殿下如果曾经跟我这种穷人说过话，

　　　　　　就请听我说一句。

奥尔巴尼　我马上就来。[2]——说吧。

爱德加　　战事开打之前，先拆开这封信。（递过一信）

　　　　　　假如您得胜，请吹号召唤

　　　　　　送信的人。别看我一身落魄，

　　　　　　却可化身为一名斗士，来证明

　　　　　　那信里所说的。假如您战死，

　　　　　　您在人间的俗务也就了断，

1　她明白丽根要紧盯着她。

2　应是对已经离场或正在离开的其他人说的。

而无所谓阴谋诡计了。祝您好运。

奥尔巴尼　等我看完信再走。

爱德加　我不能停留。
　　　　等时候到了，只要传令官宣告，
　　　　我会再度现身。　　　　　　　　　　　　　下

奥尔巴尼　那么，再会。我会看你的信。

爱德蒙上

爱德蒙　敌军已经在望：快去摆开阵势。
　　　　（呈上一纸）这里有他们的军力估算，
　　　　是认真查访得来的，但是您
　　　　现在得赶快才行。

奥尔巴尼　我来得及的。　　　　　　　　　　　　下

爱德蒙　对这两姊妹我都发过誓相爱；
　　　　她俩互相猜忌，好像被蛇咬过的人
　　　　担心着蛇。我该要她们哪一个？
　　　　两个？一个？还是都不要？一个都得不到，
　　　　如果两个都活着。要了那寡妇，
　　　　会惹火她姐姐贡妮芮，把她气疯；
　　　　而只要那另一个的丈夫还活着，我也无法
　　　　履行诺言。现在呢，我们打着
　　　　他的旗号作战；等仗打完了，
　　　　就让嫌弃他的那女人设法
　　　　快快干掉他。至于他存心
　　　　怜悯李尔和蔻迪莉亚，
　　　　战事结束后，他们落到我们手中，
　　　　绝对得不到赦免。我的地位
　　　　要靠行动捍卫，不靠一张嘴。　　　　　　下

第二场　／　第十九景

多佛尔附近，距战场不远处

幕内警号。旗鼓前导，李尔、蔻迪莉亚及众兵士过场。爱德加与格洛斯特上

爱德加　　在这里，老爹，让这片树荫
　　　　　好好接待您。但愿正义获胜。
　　　　　假如我能再回到您这儿，
　　　　　就会带来好消息。

格洛斯特　愿神保佑您，先生！　　　　　　　　　　　爱德加下

幕内警号。收兵号

爱德加上

爱德加　　走，老人家！手伸过来，走！
　　　　　李尔王败了，他跟他女儿被俘虏了。
　　　　　快把手伸过来，来吧。

格洛斯特　不必再走了，先生：在这里烂掉也一样。

爱德加　　什么，又断了生趣？人必须忍受
　　　　　离开世间，一如忍受来到世间：
　　　　　要等时机成熟。来吧。

格洛斯特　说得也对。　　　　　　　　　　　　　　同下

第三场　／　第二十景

多佛尔附近的英军扎营处

旗鼓前导，爱德蒙凯旋上；被俘的李尔与蔻迪莉亚、众兵士及一队长随上

爱德蒙　　来几个军官把他们带走；要看紧，

　　　　　且等上面的意思，看要

　　　　　怎样发落他们。

蔻迪莉亚　（对李尔）我们并不是头一个

　　　　　存心最善良、遭遇最坎坷的。

　　　　　为了你，受欺侮的王上，我难过：

　　　　　否则厄运怒目我还回瞪它呢。

　　　　　我们就不去见见这两个女儿、姐姐吗？

李尔　　不，不，不，不！来，咱们坐牢去。

　　　　　就只我们俩，要像笼中鸟般歌唱。

　　　　　你求我祝福你，我就下跪，

　　　　　求你宽恕：我们这样过日子、

　　　　　祈祷、歌唱，还要说说老故事，笑看

　　　　　金闪闪的彩蝶，听听倒霉的家伙

　　　　　谈宫里的消息，我们也凑上去——

　　　　　谁输谁赢，谁得势，谁失宠——

　　　　　我们要假装参透世事的奥秘，

　　　　　俨然神的耳目：在围墙里的监狱

　　　　　我们看遍各帮各派大人物

　　　　　随着月亮的圆缺浮浮沉沉。

爱德蒙	把他们押下去。
李尔	在这样的祭品 [1] 上,我的蔻迪莉亚,
	神明会亲自上香的。我抱住你了吗?
	谁想拆散我们,得取一把天火
	把我们当狐狸般熏走。擦掉你的眼泪:
	我们才不要哭呢,岁月会先连皮带肉吞吃
	他们:我们会先看见他们饿死。来吧。

李尔与蔻迪莉亚被押解下

爱德蒙	过来,队长,听好。
	你拿了这字条,跟他们到监狱去。(递过一纸)
	我已经升了你一级。你只要照着
	这里面的指示做,就会步步高升。
	你要明白这一点:人就是
	要顺势而为;心地慈悲的
	不配挂剑。你的重大任务
	不容多问:要么说你照办,
	要么另谋出路。
队长	我照办,大人。
爱德蒙	快去,办完了你可说自己走运。
	听清楚,我说,立刻办,要照着
	我写下的做。

队长下

喇叭奏花腔。奥尔巴尼、贡妮芮、丽根及众兵士上

奥尔巴尼	阁下,您今天表现出英勇本色,
	也有福星高照。您手里有俘虏,
	是今天作战的敌人。

---

1 祭品:或指蔻迪莉亚为李尔作出的牺牲,抑或指两人都失去了自由。

我要求您交出来，好按照
他们的罪责以及我们的安危
权衡处置。

爱德蒙　殿下，我经过考虑，已经把
年老不幸的国王送去监禁；
他的高龄令人同情，再加上尊号，
会使老百姓站在他那一边，
使征召来的兵丁不听指挥，
倒戈相向。我连王后一并送走，
理由完全相同。他们明天，
或者再过一阵子，随时可以
到您审判的地方出庭应讯。

奥尔巴尼　阁下，说句不客气的话，
在这场战争里我只把你当作属下，
没当作兄弟。

丽根　那要看咱家爱怎么赏赐他。
我想，您说这番话之前，应该先
问问咱家的意见。他率领我军，
顶着我地位和身份的权威；
凭这亲密的关系很可以抬起头来
跟您称兄道弟。

贡妮芮　别这么急：
他是凭着自己的战功高升，
不是你的册封。

丽根　凭着我的权力，
由我册封，他足以和最尊贵的平起平坐。

奥尔巴尼　要成为那样，他得做你丈夫才行。

丽根	笑话往往成为预言。
贡妮芮	喝，闭嘴！
	告诉你这话的是个斜眼的。
丽根	夫人，我不太舒服，否则我会用
	一肚子火回应你。——（对爱德蒙）将军，
	请你接收我的军队、俘虏、产业，
	随意处置他们，处置我：这座城堡是你的了[1]。
	让举世见证，我在此立你为
	我的夫君和主人。
贡妮芮	你打算享用他吗？
奥尔巴尼	准不准可由不得您做主。
爱德蒙	也由不得你[2]，大人。
奥尔巴尼	野种，由得了我。
丽根	（对爱德蒙）吩咐击鼓，证明我的头衔是你的了。
奥尔巴尼	且慢，听听理由。爱德蒙，我逮捕你，
	罪名是叛国；与此同时也逮捕
	这条披金的蛇[3]。贤妹，你的主张
	我要反对，以保障我的妻子。
	是她跟这位大人订了二度婚约，而我，
	她的丈夫，对你的结婚预告提出异议。
	假如你要结婚，那就爱我吧，
	我的夫人已经许配了。

---

1 丽根想象自己是投降的城堡。

2 公爵和夫人等贵族多以比较礼貌的 you 相称。此处爱德蒙突然用 thine 称呼奥尔巴尼，明显蔑视他，引起后者大怒（见下一行）。——译者附注

3 指他的妻子贡妮芮。

贡妮芮　　一场闹剧！

奥尔巴尼　你有武器，格洛斯特。让喇叭吹起。
　　　　　如果没有人出面指证你犯下
　　　　　恶毒、昭彰、多重的背叛行为，
　　　　　我以此担保：（掷下一手套）[1]我要刺穿你的心，
　　　　　证明你确实如我在这里所宣告的，
　　　　　否则我绝不进食。

丽根　　　难受，噢，难受啊！

贡妮芮　　（旁白）你不难受的话，我从此不相信毒药。

爱德蒙　　我愿奉陪：世上有谁
　　　　　指控我是叛贼，那个恶人撒谎。（掷下一手套）
　　　　　请吹号召唤：他敢上前来，
　　　　　我就对他、对你——怕谁？——坚决
　　　　　维护我的忠诚和荣誉。

一传令官上

奥尔巴尼　喂，传令官！
　　　　　（对爱德蒙）凭你个人的本事吧，因为你的军队，
　　　　　以我的名义征召，也以我的名义
　　　　　解散了。

丽根　　　我越发难受了。

奥尔巴尼　她病了：送她到我的营帐去。——　　　　　丽根被扶下
　　　　　过来，传令官。吹响喇叭，
　　　　　并且宣读这个。

号声起

传令官　　（宣读）"本军之中如有任何贵族或高级官长，指认爱德蒙，

1　掷手套表示挑战。

即自称为格洛斯特伯爵者，控诉他是多重的叛逆，请在听到
第三次号声时出来：他决心捍卫自身。"

第一次吹号

传令官　　再一次！

第二次吹号

传令官　　再一次！

第三次吹号

幕内号声回应

爱德加穿盔甲上，头盔面罩拉下

奥尔巴尼　　去问明他的来意，为什么听到
　　　　　　　号声就出现了。

传令官　　您是何人？
　　　　　　　您的大名、您的身份，还有您为何
　　　　　　　回应召唤？

爱德加　　听好：我的名字已经
　　　　　　　被阴谋的牙齿啃食，被虫子吃掉了。
　　　　　　　然而我出身高贵，跟我要对抗的
　　　　　　　敌手一样。

奥尔巴尼　　那个敌手是哪一位？

爱德加　　谁来替格洛斯特伯爵答话？

爱德蒙　　是他本人。你要对他说什么？

爱德加　　拔出剑来，
　　　　　　　假如我的言语冒犯了高贵的心胸，
　　　　　　　你的武器可还你公道。（拔剑）我的剑在此。
　　　　　　　看：这是我的权利——
　　　　　　　凭我的荣誉、誓言以及骑士身份
　　　　　　　有权来挑战。我向大家宣告，

尽管你年轻力强，地位显赫，

尽管你手握胜利之剑，福星正高照，

勇敢有胆识——你终究是个叛贼：

背叛你的神明、你的兄长和父亲，

阴谋杀害这位尊贵的殿下；

从你的头顶直到

脚下的尘土，你是满身

癞蛤蟆毒疣[1]的叛贼。要是你敢否认，

这把剑，我这手臂，我浑身的勇气

必要在你心窝证实我所说的：

你撒谎。

爱德蒙　　按常理我该问清你的名字，

不过既然你仪表堂堂，英勇威武，

而且言辞之间透露出教养，

虽然根据安全考虑和骑士规则我很可以

暂缓，但我不屑一顾，抛开这些。

我把这些背叛罪名扔回你头上，

让地狱般可恨的谎言压垮你的心，

现在它们只是擦过没有碰伤，

我这把剑会立刻为它们开路，

使它们永远留在那里。（拔剑）号角，吹吧！

警号。两人相斗，爱德蒙倒地

奥尔巴尼　　留活口，留活口！[2]

贡妮芮　　这是诡计，格洛斯特。

1　一般相信癞蛤蟆身上的疣有毒。

2　奥尔巴尼要爱德加剑下留人，可能是为了方便取供。

　　　　　　按照决斗规则你不必响应

　　　　　　身份不明的对手；你不是斗败的，

　　　　　　是受骗中计了。

奥尔巴尼　　闭上你的嘴，女人！

　　　　　　不然我就用这张纸来堵住。——挺住，先生。——

　　　　　　（对贡妮芮）你这坏透了的人，读你自己的罪孽吧。

　　　　　　（给她看信）别撕，夫人：我看你认得这封信。

贡妮芮　　就算我认得，法律归我管，不归你。

　　　　　　谁能因此控告我？　　　　　　　　　　　　　下

奥尔巴尼　　丑陋极了！哦，你知道这封信吗？

爱德蒙　　别问我知道什么。

奥尔巴尼　　跟过去：她会铤而走险。看住她。　　　一兵士下

爱德蒙　　你们指控我的，我的确做了，

　　　　　　还有更多，更多更多。时间会揭露的。

　　　　　　这都过去了，我也是。——（对爱德加）但你是什么人，

　　　　　　有这运气胜过我？你若出身高贵，

　　　　　　我就原谅你。

爱德加　　我们互相宽恕吧。

　　　　　　我的出身不比你低，爱德蒙：

　　　　　　若是比你高，你就更对不起我了。

　　　　　　（摘下头盔）我的名字是爱德加，令尊的儿子。

　　　　　　神明是公正的，拿我们寻欢的败行

　　　　　　来惩罚我们：

　　　　　　他在黑暗堕落之处生下了你，

　　　　　　因而赔上了他的眼睛。

爱德蒙　　说得好。的确，

　　　　　　命运之轮转了一圈：我落到这地步。

奥尔巴尼	（对爱德加）我看你的步履就觉得你
	出身高贵：我要拥抱你。
	若是我曾经恨过你或令尊，
	愿愁苦使我心碎！
爱德加	尊贵的殿下，我明白。
奥尔巴尼	您都藏身在哪里？
	您怎么知道令尊的悲惨遭遇？
爱德加	因为我亲自照顾他，殿下。听我长话短说，
	说完之后，啊，就让我的心破碎吧！
	为了逃避那紧跟着我的
	血腥追杀令——噢，能活着还是好的！
	我们宁可分分秒秒承受死的痛苦，
	也不肯一死百了！——我改穿
	疯子的褴褛，化装成连狗
	都瞧不起的模样；就这一身打扮，
	我遇见了父亲和他流血的眼眶，
	刚刚失去宝贵的眼珠；做他的向导，
	引领他，替他乞讨，救他脱离绝望——
	错就错在我从没向他表明自己，
	直到大约半小时前，我穿戴盔甲的时候。
	虽然希望此来会成功，却没把握，
	便请他祝福，并且从头到尾细说
	我们的经历。但他已经破碎的心——
	唉，太虚弱，无法承受这冲击，
	在悲喜交集之中，
	他含笑猝逝了。
爱德蒙	您这番话令我感动，

　　　　　　　　也许能够结出善果，但请说下去：
　　　　　　　　您似乎还有别的什么要说。

奥尔巴尼　　假如还有，是更悲惨的，请打住；
　　　　　　　　听到这里，我已经快要化成
　　　　　　　　一摊泪水了。

一侍臣上，执一血刀

侍臣　　　　救命，救命，救命啊！

爱德加　　　救什么命？

奥尔巴尼　　说话呀，你。

爱德加　　　这把血刀是什么意思？

侍臣　　　　还是热的，还在冒气呢。
　　　　　　　　是从那个——的心窝拔出来的——啊，她死了！

奥尔巴尼　　谁死了？说呀，你。

侍臣　　　　您的夫人，殿下，您夫人；还有她妹妹
　　　　　　　　被她毒死了：她承认了。

爱德蒙　　　我跟她们两人都订有婚约：现在
　　　　　　　　三个人同时成亲了。

爱德加　　　肯特来了。

肯特上

奥尔巴尼　　把她们抬出来，无论是活是死。

贡妮芮和丽根的尸体被抬出

　　　　　　　　上天如此的审判，令我们战栗，
　　　　　　　　却不会同情。（看见肯特）——噢，这是他吗？——
　　　　　　　　（对肯特）时机不宜，无法遵照礼数
　　　　　　　　来迎迓。

肯特　　　　我是来

向我的主人王上说一声永远的晚安。¹

他不在这里吗？

奥尔巴尼　大事我们竟然忘了！

说，爱德蒙，王上在哪里？蔻迪莉亚在哪里？——

（指着尸体）你看到这景象吗，肯特？

肯特　天哪，为什么会这样？

爱德蒙　爱德蒙还是蒙爱的：

为了我，一个毒死了另一个，

然后自杀。

奥尔巴尼　正是如此。遮了她们的脸。

爱德蒙　我快断气了。我想做件好事，

虽然有违我的本性。赶紧派人——

要快——到城堡，因为我下了手令

要取李尔的性命，还有蔻迪莉亚的。

对，快派人去。

奥尔巴尼　跑，快跑，噢，快跑！

爱德加　跑去找谁，殿下？负责的是谁？

（对爱德蒙）送一个免死的证物去。

爱德蒙　想得周到。拿我的剑，

交给队长。

爱德加　（对一侍臣）你千万要快。　　　　　　　　侍臣下

爱德蒙　他有你妻子和我的命令，

要在监牢里吊死蔻迪莉亚，然后

推说她是因为绝望

而自寻短见。

1　肯特知道自己快死了。

奥尔巴尼 　求神明保佑她！把他抬走吧。（爱德蒙被抬走）

李尔双手抱着蔻迪莉亚上，侍臣等随后

李尔 　哀嚎，哀嚎，哀嚎！啊，你们是石头人：

我若有你们的舌头和眼睛，我会大声哭喊，

震裂天庭。她一去不复返了！

我知道怎样算是死，怎样还算活：

她像泥土般没了生气。借我一面镜子：

要是她的鼻息会使镜面起雾，

嗯，那她还活着。

肯特 　这就是应许的结局 [1] 吗？

爱德加 　或是那恐怖末日的影像？

奥尔巴尼 　结束一切吧！ [2]

李尔 　这根羽毛在动：她还活着！真是这样，

这倒是个机会，足以补偿我经历过的

所有忧伤。

肯特 　（跪地）噢，我的好主人！

李尔 　请你走开。

爱德加 　这位是高贵的肯特，您的朋友。

李尔 　得瘟疫去吧，你们全是谋杀者、叛逆！

我本来还可能救活她的，现在她永远走了！——

蔻迪莉亚，蔻迪莉亚！等一下。啊？

你说什么？——她从来都柔声细气，

娴雅文静，这是妇女的美德。——

---

1 "应许的结局"有两解：一是李尔分疆时预期的死法，一是世界末日。爱德加听到的是第二个意思（见下一行）。

2 奥尔巴尼可能是呼喊世界终了，或是希望李尔王死去，结束痛苦。

	我杀了吊死你的奴才。
侍臣	是真的，列位大人，的确如此。
李尔	可不是，老弟？
	若在当年，凭我这把锋利的弯刀
	非叫他蹦蹦跳跳不可：现在我老啰，
	更被这些个磨难拖垮。——你是谁？
	我的眼力不太好：我马上就会认出。
肯特	命运之神要是吹嘘她爱憎过两个人，
	其中之一就在我们眼前。
李尔	看得模模糊糊。你不就是肯特吗？
肯特	正是，
	您的仆人肯特。您的仆人凯幽斯在哪儿？
李尔	他是条好汉，这点我敢说。
	他会打架，而且出手快。他死了，烂了。
肯特	没有，好陛下，我就是那个——
李尔	我等一下再谈这个。
肯特	自从您遭遇变故落难以来，一直
	追随着您悲伤脚步的。
李尔	欢迎光临此地。
肯特	没有别人[1]：尽是凄惨、黑暗、死亡。
	您两个大女儿已经自杀，
	因绝望而死。
李尔	是呀，我也这么想。
奥尔巴尼	他不知道自己在说些什么，我们

---

1 "没有别人"：肯特一面接着自己先前没说完的话，一面响应前一行李尔的话，亦即：在此
没有人受欢迎。

李 尔 王

140

向他表明身份也是枉然。

一信差上

爱德加　完全没用。

信差　爱德蒙死了，殿下。

奥尔巴尼　那不过小事一桩。

列位大人和尊贵的朋友，请听本人的心意：

只要能安慰这位倾颓大驾的，

都要去做。至于本人，我要退位，

在这老王陛下活着的日子，

把绝对的权力交还给他。——（对爱德加与肯特）两位呢，归还

你们的爵位之外，还要论功

行赏。只要是朋友都将品尝

美德的酬劳，只要是敌人都会

喝到应得的杯。噢，看，看！

李尔　我可怜的傻子[1]被吊死了！没，没，没有生命？

怎么狗啊、马啊、老鼠都有生命，

你却连一口气都没有？你再也不会回来了，

绝对，绝对，绝对，绝对，绝对不会！

请你解开这扣子：谢谢你，先生。

你看见了吗？看她，看，她的嘴唇，

看那里，看那里！（他咽气）

爱德加　他昏过去了！陛下，陛下！

肯特　破碎吧，我的心，我求你，破碎。

爱德加　睁睁眼，陛下。

1　指蔻迪莉亚。这里的 fool 是李尔对女儿的昵称，亦呼应他的弄臣。莎士比亚的剧团演出此剧时，"傻子"（弄臣）和蔻迪莉亚极可能是同一人饰演。——译者附注

肯特	别搅扰他的灵魂：啊，让他去吧！
	谁想把他在这冷酷世界的刑架[1]上
	拉得更长，谁就是恨他的人。
爱德加	他已经走了，真的。
肯特	居然撑了这么久，真是奇迹：
	他最后的时日其实要算偷来的。
奥尔巴尼	把他们抬走。我们当前的大事
	是举国哀悼。——
	（对肯特与爱德加）与我同心的朋友，你们两位
	统治这块领土，把受创的家邦护卫。
肯特	大人，我有一段旅程，即将上路：
	主人呼唤我，我不能说不。
爱德加	这国殇的重担我们必须扛上肩：
	说出感觉，而非于理当说之言。
	年纪最大的最受折磨，我们年少，
	不会经历这许多也不要活这么老。

哀乐声中众人下

---

1 "刑架"原文 rack，是用来拉长犯人四肢的刑具。

四开本较对开本多出的段落

上接第 27 页 "他不可能是这样的魔鬼。":
爱德蒙　　他也绝不是。

格洛斯特　对他的父亲，这么疼惜他、毫无保留爱他的父亲。天哪地呀！

上接第 28 页 "……都不幸言中了 [，]" 之后：
　　　　　　像是亲子之间的反常、死亡、饥荒、老交情断绝、国家分裂、
　　　　　　王公贵族受到恐吓咒骂、无端的怯懦、亲信被流放、部队溃
　　　　　　散、婚姻破裂，诸如此类等等。

爱德加　　你几时学起星象学了？

爱德蒙　　好了，好了，

上接第 30 页 "她和我想法一致 [，]":
　　　　　　不会服软。没用的老头。
　　　　　　权力都已经给出去了，还想要
　　　　　　行使！我呀，敢说
　　　　　　老傻瓜就是小娃娃，有错处
　　　　　　不能净夸奖，也得加以管束。

上接第 35 页 "你来教我。":
傻子　　　是哪位大人劝你抛弃江山，
　　　　　　你来顶替他，在我身边站，
　　　　　　两个傻子立刻就出现：
　　　　　　那一个刻薄，这穿花衣的嘴甜。

李尔　　你说我是个傻子吗，孩子?

傻子　　你其他的头衔都送掉了，只有这个是你与生俱来的。

肯特　　这家伙倒不挺傻，陛下。

傻子　　当然不是，达官贵人不会答应的；我要是有专利，他们会来分享；贵夫人也是，她们不会让我一个人当傻子，她们会来抢。

上接第 38 页"李尔的影子。"：

李尔　　我倒想知道，因为依权威、知识、理性看来，我不能相信我居然有女儿。

傻子　　她们会使你成为顺服的父亲。

上接第 57 页"我恳求殿下高抬贵手。"：

　　　　　他的过犯严重，他的主人王上
　　　　　自会加以处分；您要用的羞辱刑罚
　　　　　是惩处最低级最下贱的那些
　　　　　偷鸡摸狗之类最常见的
　　　　　犯人才用的。

上接第 73 页"……归于无有。"之后：

　　　　　　　　　　　　扯自己的白发，
　　　　　任凭狂风瞎了眼一般
　　　　　生气地抓，视若无物，
　　　　　他的内心世界上下翻腾，要睥睨
　　　　　那东来西往的风风雨雨。
　　　　　这样的夜晚喂崽的母熊都要躲藏，
　　　　　狮子和饿着肚皮的野狼也要
　　　　　保持皮毛干燥，他却光着头奔跑，

喊着叫世界毁灭了吧。

取代第 73—74 页 "他们都有一些仆从" 至 "……藏在底下。":

但的确法兰西派来了一支部队
到这个分裂的国家，他们
趁我们疏忽，早已秘密登陆
在我们最好的几处港口，伺机
标举他们的旗帜。
现在要对您说：
要是您敢信赖我，
火速去多佛尔，在那里会
有人感谢您，只要您据实禀报
王上受到何等悖理乃至
令人发疯的痛苦。
我是有良好出身和教养的贵族，
凭着对您确实可靠的认识，
把这件差事交给您。

上接第 89 页 "嘶嘶作响冲向她们——"：

爱德加　　邪魔咬我的背。

傻子　　疯子才会相信狼的驯良、马不生病、小男孩的爱情，或是妓
　　　　女发的誓。

李尔　　一定要这么办，我马上提告她们，
　　　　（对爱德加）你来坐这里，最有学问的法官。——
　　　　（对傻子）你，贤明的长官，坐这里。
　　　　不，你们这两只母狐狸——

爱德加　　看他在那里站着瞪眼呢。你瞎了眼啦，夫人？[1]

　　　　　到我这边来，乖贝西——

傻子　　　（唱）

　　　　　她的船有缝隙，

　　　　　绝对不能说出去，

　　　　　为何不敢靠近你。

爱德加　　邪魔用夜莺的嗓子折磨苦汤姆。霍普丹斯[2]在汤姆肚里吵着要

　　　　　两尾新鲜的鲱鱼。

　　　　　别嚷嚷，黑天使，我没食物给你。

肯特　　　您还好吗，陛下？您别站着发愣。

　　　　　您躺在这软垫上休息好吗？

李尔　　　我要先看她们受审。呈上罪证。——

　　　　　（对爱德加）穿着法袍的法官，请就位——

　　　　　（对傻子）你，他的法官同事，

　　　　　也在法官席上就座。——（对肯特）您是陪审，

　　　　　您也坐下。

爱德加　　我们来公平审理。

　　　　　你是睡还是醒，开心的牧羊人？

　　　　　你的羊进了玉米田[3]，

　　　　　小嘴吹一声，

　　　　　羊儿就没事。

　　　　　呜呜[4]，猫是灰色的。

1　原文 Want'st thou eyes at trial, madam?，据《阿登版莎士比亚》(*The Arden Shakespeare*)，也
　可解为"你要有人旁观吗？"——译者附注

2　魔鬼名。——译者附注

3　会吃得肿胀而死。——译者附注

4　呜呜：原文为 Purr，与 Purre 相近，后者为一魔鬼名。——译者附注

李尔	先提告她，这是贡妮芮。我在尊贵的众位大人面前发誓，她踢了可怜的国王，她的父亲。
傻子	过来，女人。你的名字叫贡妮芮吗？
李尔	她无法否认。
傻子	真抱歉，我还以为你是一把凳子呢。
李尔	这里还有一个，她扭曲的脸说明了 她的心都是什么做的。抓住她呀！ 武器、武器、拔剑，到处都是火[1]！公然舞弊！ 作弊的法官，为什么让她脱逃？

上接第 90 页"来，来，走吧。"：

肯特	受压的天性睡着了。 休息还可能平复你崩溃的神经。 万一天不作美，条件不允许， 那就难治了。—— （对傻子）来帮忙抬你的主人： 你不能留下来。　　　　　　　　众人下。爱德加留场
爱德加	眼见比我们尊贵的人和我们同难， 自己的不幸就没什么可谈。 独自受苦，心里最委屈， 自在和逍遥都成了过去； 但若忧伤有人伴，受苦有人陪， 心灵的折磨便消解了大半。 而今我的痛苦似一派轻松， 因为逼我弯腰的，也逼国王鞠躬。

1　在李尔的想象中，法庭变成了地狱。——译者附注

他的女儿像我父亲。汤姆快走！
注意高处的风声；假造意见陷构，
终因美德获得平反，重修旧好，
那时候你显出真实的面貌。
无论今夜还有何事，愿王上脱险。
躲好，躲好。　　　　　　　　　　　　　　　　　下

上接第 95 页"你扶我一把。"：

仆人甲　　这个人要是会有什么好下场，
　　　　　我什么坏事都敢做。

仆人乙　　如若她命长，
　　　　　最后还寿终正寝，
　　　　　女人都要变成妖怪了。

仆人甲　　咱们追随老伯爵去，找那疯子[1]
　　　　　带主人去要去的地方：他既然疯了
　　　　　就必定什么事都肯做。

仆人乙　　你先走，我找块麻布和蛋清
　　　　　来敷他血淋淋的脸。愿老天保佑他！

上接第 98 页"愿你不受邪魔搅扰！"之后：

　　　　　有五个魔鬼同时附在苦汤姆身上：管情欲的奥比迪克，聋哑
　　　　　王子霍比迪登斯[2]，管偷窃的麻虎，管谋杀的魔多，管做鬼脸
　　　　　的弗力伯提吉贝——他现在附到丫环和婢女身上了。所以，
　　　　　上天保佑你，老爷。

1　指扮作苦汤姆的爱德加。——译者附注
2　即前面提到的 Hopdance。——译者附注

上接第 101 页"你脸上的灰尘。":

　　　　　我是担心你的脾气：
　　　　　人要是蔑视了自己的本源，
　　　　　就无法保证不越出常轨。
　　　　　树枝硬是折断，离了
　　　　　养它的树液，必然会枯萎，
　　　　　落得死亡下场。

贡妮芮　　少废话，愚蠢的说教。

奥尔巴尼　智慧和善良在恶人眼中是恶，
　　　　　粪土只赏识粪土。你们干了什么事？
　　　　　你们是老虎，不是女儿，你们做了什么？
　　　　　一个父亲，而且是慈善的老人家，
　　　　　连头被拽着的狗熊也会敬他三分，
　　　　　野蛮、堕落至极的你们，竟把他逼疯了！
　　　　　我的连襟竟容忍你们这样做？
　　　　　一个男子汉、亲王，还受过他的宏恩！
　　　　　即使见不到上天的复仇天使
　　　　　速速下界惩罚这种暴行，报应终究会来；
　　　　　人类自己必定会互相吞食，
　　　　　就像深海的怪物。

上接第 101 页"荣誉和屈辱。"之后：

　　　　　　　　殊不知
　　　　　傻瓜才怜悯未来得及作恶
　　　　　就遭罚的坏人。你的战鼓呢？
　　　　　法兰西王在我们安宁的国土上展旗，
　　　　　盔羽飘扬，威胁着你的邦国，

而你，说教的傻瓜，坐着不动，光喊
"哎呀，他干吗这样？"

上接第 101 页"噢，没用的笨蛋！"：

奥尔巴尼　你这个变形藏身的东西，该知道羞耻，
　　　　　　别弄得面目狰狞了。要是我
　　　　　　容许这双手顺从我的脾气，
　　　　　　它们很容易撕裂你的肉，
　　　　　　扯开你的骨：虽然你是个恶魔，
　　　　　　但女身还是保了你。

贡妮芮　　没错，你的男子气概呀，喵——

一侍臣上

奥尔巴尼　有什么消息？

上接第 103 页"都告诉我。"：

肯特与一侍臣上

肯特　　为什么法兰西国王这么突然回去了？您知道什么原因吗？

侍臣　　他在国内有件没办完的事，出来以后才想起，攸关国家安危，
　　　　　非得亲自回去不可。

肯特　　他留下谁当统帅？

侍臣　　法国元帅，拉法。

肯特　　您的信可曾感动王后，令她悲痛吗？

侍臣　　有啊，大人：她接过信，当面看了，
　　　　　大颗的泪水不时滑下
　　　　　她娇嫩的脸颊。她像是女王，能控制
　　　　　自己的激情，激情却像个大叛逆，
　　　　　竭力要称王主宰她。

肯特	噢，那她是感动了。
侍臣	没有爆发：忍耐和忧伤竞争着，
	要看谁能为她最添妩媚。您见过
	阳光里下雨吧：她的微笑和眼泪
	正相似，只是更美：幸福的浅笑
	游戏在嫣红的唇上，似乎不知道
	眼里有什么访客正要离开，
	就像珍珠从钻石落下。总之，
	悲伤若是能像这样妆点，
	就会是最可爱的珍品了。
肯特	她没有问什么吗？
侍臣	确实，她有一两次好容易吐出了"父亲"
	这个词，仿佛它压伤了她的心：
	喊着"姐姐，姐姐！贵夫人之耻，姐姐！
	肯特！父亲！姐姐！什么，暴风里？黑夜里？
	怜悯之心何在！"这时候她
	就从天人般眼睛里摇落圣水，
	激动不已。于是她移步走开，
	独自去对付忧伤了。
肯特	是星宿呀，
	天上的星宿主宰了我们的性格，
	否则同一对父母生不出如此
	不同的女儿。您后来没再跟她说话吗？
侍臣	没有。
肯特	这是在法王回去之前吗？
侍臣	不，之后。
肯特	嗯，先生，可怜受难的李尔在镇上；

	他有时候心里明白些，还记得
	我们是来干什么的，却坚决
	不肯见他的女儿。
侍臣	为什么呢，先生？
肯特	强烈的惭愧挡着他：他自己无情，
	剥夺了她的亲恩，赶她出门
	去担受异邦的风险，把她宝贵的权利
	送给那两个狼心狗肺的女儿：
	这种种使他痛心，羞愧如焚，
	不愿见蔻迪莉亚。
侍臣	唉，可怜的好人！
肯特	关于奥尔巴尼和康沃尔的部队，您没听说什么吗？
侍臣	是这样的，他们出动了。
肯特	好，先生，我带您去见我们的主人李尔，
	留您伺候他。有重要的理由
	需要我暂时隐藏身份。
	等您知道我的真相，您不会后悔
	跟我结识这一场。请您跟我
	一块儿去吧。 同下

上接第 120 页 "我担心他失控。"：

蔻迪莉亚　就听您的。

医生　还请您靠近些。——音乐要大声点！

上接第 120 页 "岂能对抗怒吼的狂风？"：

去面对深沉、可怕的雷霆，

在最恐怖、迅雷四射的

闪电中？去担任哨兵——死定了！——

凭这一头稀疏当盔盖？

上接第 122 页 "我是既老又蠢了。":

侍臣　　消息没错，先生，康沃尔公爵就那样被杀了？

肯特　　千真万确，先生。

侍臣　　谁在统帅他的部下呢？

肯特　　听说，是格洛斯特的私生子。

侍臣　　据说，爱德加，那个被驱逐的儿子，和肯特伯爵一块儿在日

　　　　　　耳曼。

肯特　　传闻变来变去。现在得考虑情势了：不列颠的部队正迅速

　　　　　　逼近。

侍臣　　决一胜负看来免不了一场血战。再见，先生。

肯特　　我这一生是好还是坏，

　　　　　　全看今天此仗是胜还是败。　　　　　　　　　　　　　下

上接第 123 页 "闯入那块禁地？":

爱德蒙　你不该有这种想法才对。

丽根　　我担心你已经和她连成一体，

　　　　　　抱成一团了——拥有她的一切。

上接第 123 页 "她跟她的公爵丈夫来啦！":

贡妮芮　我宁可打输这一仗，也不愿妹妹

　　　　　　拆散了他和我。

上接第 124 页 "揭竿而起的人。":

　　　　　　若非出于正义，

我就不会勇于兴师。目前这件事，
是因为法兰西侵犯了我国，
并非因为他们支持王上
和理直气壮来问罪的人。

爱德蒙　殿下，您这话正大光明。

上接第 129 页"……出庭应讯。"之后：

当此之际

我们流汗流血，折损亲友；
无论争执有多大的道理，在气头上，
深受战祸者会一律加以诅咒。
蔻迪莉亚和她父亲的问题
应在更适当的场合处理。

上接第 136 页"一摊泪水了。"：

爱德加　对于不喜欢难过的人，这似乎
已经到了极限，但还有另一件事，
要细说起来，就会在伤心之上更加伤心，
超出容忍范围。
正当我嚎啕大哭时，来了一个人，
他因见过我最潦倒不堪的景况，
便回避和我接触，可是此时发现
这般受苦的是谁，就用孔武有力的双臂
紧紧抱住我的脖子，大吼大叫，
简直惊天动地，扑倒在我父亲身上：
讲了李尔和他闻所未闻
最绝顶悲惨的故事；他讲到伤心处，

越发感到伤痛欲绝，他的心弦
开始迸裂。那时第二回号声响起，
我便撇下昏迷的他在那里。

奥尔巴尼　　那个人是谁呀？

爱德加　　是肯特，殿下，被放逐的肯特；他伪装
来追随他的仇家王上，替他效劳，
做奴隶都不该做的事。

试解"最大的问题"

——《李尔王》译后记

彭镜禧

辅仁大学客座教授 / 台湾大学名誉教授

> 怎么狗啊、马啊、老鼠都有生命,
>
> 你却连一口气都没有?

英国皇家莎士比亚剧团这一版本的《导言》说,"《李尔王》是一出充满问题的戏。重大问题都没有解答",并认为其中最大的问题,就是以上所引李尔断气之前,对着已经香消玉殒的幺女所说的话。这个问题,连同李尔在暴风雨中发狂前后对上天所发出的不平之鸣,都是他在剧中"天问"的一部分。问题的答案,其实不假外求,就在李尔本身;因为这出戏演的主要是李尔生命的成长。

在开场戏里,李尔宣布退休,要把国土(也就是家产)分给三个女儿继承。我们看到他的偏心(最疼幺女蔻迪莉亚)、幼稚、自大愚昧(用表相的言语衡量内在的爱心)、暴躁不知反省(不听肯特忠言劝谏)、喜怒无常(说翻脸就翻脸)。他的大女儿贡妮芮与二女儿丽根对他的判断与防范亦非全然无理。

因此李尔注定要接受教育。莎士比亚安排他在剧中三次下跪,标示他生命成长的进程。李尔因贡妮芮要把他的侍卫从一百人削减为五十人,愤而转投丽根。不料两姊妹已经串通好;丽根劝父王回姐姐家,于是:

李尔　　　向她讨饶?

> 你看看这样的家还成什么体统：
>
> 亲爱的女儿，我承认自己老了；
>
> 老人是多余的。我双膝跪下，求您
>
> 赐给我衣服、床铺、食物。

丽根　　好父王，别这样了：这把戏很难看。

　　　　回去姐姐那里吧。(第二幕第二场)

这是李尔的第一跪；这时候的他还处在愚顽的老我里。诚如丽根所说，这是难看的把戏，只是表达李尔极度的愤怒。当丽根要进一步削减李尔侍卫时，他对贡妮芮说：

> 我跟你走。
>
> 你那五十是二十五的两倍，
>
> 因此你的爱是她的双份。(第二幕第二场)

李尔简单的数字逻辑再度显示他喊价式的感情观。因此，当他发现最后竟连一个侍卫都不保的时候，难免就崩溃了：

> 噢，丽根、贡妮芮呀，
>
> 你们好心的老爸，他慷慨给了一切——
>
> 噢，这样想会发疯：我要避免，
>
> 不再想这个。(第三幕第四场)

可怜的李尔把爱当作可以购买、交换的物品，终究只能发疯。

　　外在的暴风雨原本象征李尔内在的暴风雨，但疯狂的李尔在暴风雨中反而逐渐清醒。他的臣子要他进茅屋躲避，他却表现出前所未有的人性，跪下来说：

> 赤条条的可怜人哪，不论你们在哪里，
>
> 碰到这无情的狂风暴雨不停息，
>
> 凭着你们上无片瓦的脑袋、饥饿的肚皮、
>
> 窟窿百出的褴褛衣裳，如何抵挡

> 这般天候？噢，我从来没有
>
> 关心到这个！奢侈的人，去治病吧：
>
> 裸露身子来体会穷人的感觉，
>
> 好甩掉你多余的给他们，
>
> 显得上天还有一些公道。（第三幕第四场）

这是第二跪。李尔已经有了明显的转变：他同情贫苦百姓，认识到自己没有克尽身为国王应当体恤子民的职责。

李尔第三次下跪是在与幺女蔻迪莉亚相会的时候。

> **蔻迪莉亚** 噢，请看看我，陛下，
>
> 　　　　用您的手按在我头上祝福我：
>
> 　　　　您不可以下跪。（第四幕第六场）

蔻迪莉亚请父王手按在她头上祝福，应该是自己跪下。她说，"您不可以下跪"，显然李尔也相应跪下。父亲向女儿下跪本不寻常，一般而言也不合体制。他向丽根的第一跪是气愤之下的把戏；向蔻迪莉亚的下跪，却是真心表达深沉的内疚。

两眼被挖出来的格洛斯特说自己"是在能看见的时候跌倒的"，李尔则是经历风暴之后，大彻大悟。就在同一场结束，众人下场之前，他对蔻迪莉亚说：

> 您必须容忍我。现在请您，忘记、宽恕：
>
> 我是既老又蠢了。

以敬语"您"（you）称呼女儿，请她"忘记、宽恕"，是李尔谦卑地承认自己铸成大错。痛苦炼净了他，使他得到内心的平静。蔻迪莉亚的勤王大军不幸败阵，父女成为俘虏。女儿贴心地问："我们就不去见见这两个女儿、姐姐吗？"李尔潇洒地回答：

> 不，不，不，不！来，咱们坐牢去。
>
> 就只我们俩，要像笼中鸟般歌唱。

> 你求我祝福你，我就下跪，
> 求你宽恕：我们这样过日子、
> 祈祷、歌唱，还要说说老故事，笑看
> 金闪闪的彩蝶，听听倒霉的家伙
> 谈宫里的消息，我们也凑上去——
> 谁输谁赢，谁得势，谁失宠——
> 我们要假装参透世事的奥秘，
> 俨然神的耳目：在围墙里的监狱
> 我们看遍各帮各派大人物
> 随着月亮的圆缺浮浮沉沉。（第五幕第三场）

曾经贵为国王、颐指气使惯了的李尔，如今成为自己女儿的阶下囚，却毫不把它放在心上。他的愿望只是和他最疼爱、也最疼爱他的幺女蔻迪莉亚相互祝福、宽恕，度此余生。

回想第一幕第一场，李尔因为蔻迪莉亚无法像两位姐姐那般谄媚而怒不可遏时，脱口说出真心话："我原来最疼她，想要把晚年 / 交给她亲切照顾。"如今似乎——很讽刺地——可以在监牢里如愿以偿了。然而，命运戏弄，没有等到赦免令，蔻迪莉亚已被谋杀；她终究无法成为李尔晚年的安慰。"太迟了"是所有悲剧的缘由。这个"最大的问题"，乃是李尔的真正悲剧，也是对于世人的沉痛警惕。